Aos os meus pais, sem a sua educação e persistência, não seria o homem que sou.

O Druida

de
António Almas

Mapa dos céus segundo os antigos egípcios

Ficha técnica

Título: O Druida
Autor: António Almas
Edição: Quinta Dimensão, Unipessoal, Lda.
Rua José Emídio Amaro, 9
7160-213 Vila Viçosa
5dgeral@gmail.com
Capa: Raquel Luna
Revisão: Cristina Freitas
Paginação: António Almas
Impressão: P.O.D.
ISBN: 978-989-99656-0-7
Depósito Legal: 412597/16
Vila Viçosa, 1 de Setembro de 2016

No alto da montanha, os cumes permaneciam na neve eterna. A floresta precipitava-se por íngremes encostas, aqui e ali salpicadas por clareiras onde a neve era um manto suave que cobria o solo. As rochas arredondadas de granito, parecia bolas dispersas na paisagem, num emaranhado de árvores. Mais abaixo a floresta, mais densa e húmida, engolia tudo deixando apenas um matiz verde de vegetação. O arvoredo chegava até à margem norte do lago, alguns dos seus exemplares inclinavam-se perigosamente sobre as águas mansas. A poucos metros das margens, a casa. De telhados inclinados, era a única construção humana num raio de muitos quilómetros. Construída numa pequena clareira, tinha paredes robustas de granito cinzento até ao primeiro andar, sendo depois feita de fortes troncos de árvores da floresta que num entrançado invulgar seguiam até encontrar o telhado. A atmosfera era mágica, a neblina era visitante obrigatório ao clarear do dia, e à noite apenas o sussurro de algumas corujas quebrava o silêncio.

Ian estava sentado no pequeno cais que se adentrava pelo lago. No final de cada tarde gostava de sentar-se ali, olhar o

António Almas

Sol pôr-se sobre a copa das árvores, escutar a natureza em redor.

Com os pés mergulhados na água deita-se, fecha os olhos e sente o mundo girar, escuta a música da natureza que parece sempre tocar num tom celestial que o embala. Solta-se como se flutuasse numa atmosfera de Éter. O corpo mais denso fica no cais como barco atracado, a alma, leve como o vento parte em viagens longínquas, por terras distantes, segue os rumos ancestrais, velhos caminhos de energia que tão bem conhece. O coaxar das rãs fá-lo regressar, pousa no corpo com a leveza dum pássaro e emerge no lugar de sempre.

Já as estrelas salpicam o céu quando Ian regressa pelo passadiço, a madeira estala suavemente a cada passo seu, os pés molhados seguem o rumo de casa. É Primavera e as noites ainda são frias, com o corpo arrepiado sobe os degraus que o levam ao alpendre, abre a porta da cozinha, sente o conforto morno do lar recebê-lo de braços abertos. Esta sensação abraça-o como uma tenra recordação de infância, quando a vida era mais simples, muito antes do seu "amanhecer".

O velho casarão estende-se por dois pisos de amplas divisões. No piso térreo existe uma cozinha enorme, de janelas largas que deixam ver o lago. Uma sala com portadas que dão para o alpendre, onde dois enormes sofás se fecham em ângulo recto e as decorações revelam um estilo clássico, há um piano num canto e um pequeno bar que acomoda alguns licores. Na entrada principal, oposta ao lago há um vestíbulo com um cabide onde alguns casacos se suspendem e duas ou três bengalas antigas decoram o conjunto. A parte nobre deste piso é a enorme biblioteca, com estantes que percorrem as paredes até ao tecto. Poucos são os espaços vazios, no centro da biblioteca duas mesas grandes de mogno negro servem de apoio, estão repletas de pilhas de livros por entre notas e papeis avulsos. Um atelier de amplas janelas permite a abundância de luz, este espaço singelo tem quadros e telas brancas encostados às paredes, no centro um cavalete de pintura e uma pequena mesa cheia de carvão e aguarelas, algumas tintas e pincéis. Uma casa de banho.

No piso superior existem quatro quartos, todos no mesmo estilo clássico do andar de baixo. O quarto do lago, é onde Ian costuma descansar, tem uma varanda ao cumprimento das portadas de vidro de onde se avista o cais.

António Almas

Antes de ir tomar um banho, Ian põe a chaleira ao lume com água para fazer uma infusão de ervas que costuma colher na floresta. Na casa de banho, de dimensões generosas uma banheira de madeira redonda de estilo japonês, ocupa o centro do espaço, um espelho enorme equilibra-se num canto sobre um tripé, Ian acende o queimador de incenso em forma de Budda deitado onde se perfilam vários aromas, acende algumas velas. Abre a água quente, e derrama na imensa banheira um óleo de banho produzido com plantas do bosque, à base de essências naturais.

A investigação e a alquimia, segundo métodos ancestrais que remontam ao tempo dos seus antepassados celtas, sempre acompanharam Ian na sua caminhada através dos tempos. Na sua biblioteca conserva exemplares de livros antigos, investiga formulas e estuda, desde tempos idos, os velhos códices de alquimia, magia e druidismo. O seu laboratório, onde desenvolve os seus conhecimentos, fica num compartimento secreto abaixo dos alicerces da velha casa. A floresta lá fora é a sua fonte de recursos naturais, onde em harmonia com a mãe natureza, recolhe as ervas, minerais e pedras que usa nos seus rituais.

O silvo da chaleira desperta a atenção de Ian, está na hora de mergulhar as ervas secas na água fervente, dirige-se apressadamente à cozinha onde derrama num bule antigo a água acabada de ferver, na bancada um conjunto de caixas de madeira perfiladas contêm diversas ervas secas, separadas por nomes, ao lado pequenas bolsas de seda servem para mergulhar a mistura no bule. Ian escolhe camomila, cidreira e pedaços de pau de canela, fecha a bolsa e mergulha-a, na água quente. Tira uma caneca do armário e aguarda uns momentos para que a infusão ganhe o aroma das ervas.

Nas suas caminhadas pelo bosque, Ian observa a natureza, presta atenção em cada detalhe que o envolve, escuta os sons, perscruta entre a vegetação as fragrâncias das plantas que tão bem conhece. Nestas caminhadas sempre trás consigo uma bolsa de pano, onde vai colocando folhas que encontra pelo caminho, chega a caminhar dias inteiros sem se aperceber do passar do tempo. A vegetação envolve-o completamente, em corpo e espírito, os sons são músicas e o ar é leve e fresco. Nestas expedições Ian recolhe os conhecimentos da Mãe natureza, exercita o corpo e a mente.

De regresso à casa de banho, leva consigo a bebida acabada de fazer, aos perfumes que invadem a atmosfera, misturam-se agora os aromas do chá. Fecha a água, despe-se e deixa o corpo entrar devagar na água quente. Por toda a casa há livros espalhados, em cima de estantes, sobre cadeiras, em cima de mesas, este compartimento não foge à regra, e também aqui sobre o banco perto da banheira onde Ian pousa a caneca há um livro que abre para ler, na lombada está escrito "O segredo da Tábua de Esmeralda".
Abre a primeira página e pronuncia uma frase que aprendeu há muitos anos, na sua longínqua infância

-"*Verum sine mendacio, certum et verissimum: Quod est inferius est sicut quod est superius, et quod est superius est sicut quod est inferius, ad perpetranda miracula rei unius.* "

(Mas, sem mentira, certo e muito verdadeiro: O que está em baixo é como o que está acima e o que está em cima é como o que está abaixo para fazer os milagres de uma coisa só.)

E prosseguiu para outra página. Nunca estudava este livro sem ler a frase de abertura, embora a conhecesse, executava sempre o mesmo rito, abrir a primeira página e ler a frase.

No laboratório de Ian há todo o tipo de unguentos e mezinhas, elaboradas com formulas ancestrais, segredos passados entre druidas e alquimistas, que se guardam em livros secretos. As matérias são extraídas da natureza e as mãos sábias de Ian seguem com apuro os antigos escritos. Para além disso também investiga, lê, experimenta, e o resultado do seu trabalho é reconhecido pelos seus pares em todo o mundo. De muito longe vêm pessoas para que as ajude, para que as cure, para que as escute. Ian é um ser especial, uma pessoa mágica, uma alma pura que esparge energias positivas por todos aqueles que o visitam.

António Almas

A água começa a arrefecer e vê-se forçado a terminar a leitura, lava o corpo, e sai para se enxugar, o livro ficou sobre o banco onde também está a caneca já vazia. Regressa à cozinha envolto num robe para comer uma refeição ligeira e regressar ao laboratório onde um trabalho importante o aguarda. Ao passar pela biblioteca, pressente um vulto no escuro, pára, sente um arrepiar de pele e a sua mente transporta-o para uma viagem momentânea aos seus antepassados. Fica quieto por momentos, depois segue, foi apenas uma sensação.

A aldeia mais próxima fica a mais de 30 quilómetros no vale, até sua casa há uma estrada serpenteante, bastante estreita e em alguns sítios perigosa pois fica a escassos metros de penhascos profundos. O acesso difícil não impede quem procura Ian de fazer a subida, seja de carro ou a pé. O lago, alimentado por um ribeiro que vem das montanhas e que na Primavera tem uma forte corrente, provoca que a Sul, uma pequena garganta receba o excesso de água e uma cascata se precipite no vazio de rochas, fazendo de novo o lago tornar-se ribeiro.

O laboratório tem o tecto baixo, de rocha maciça, sem janelas o arejamento faz-se através de um sistema de ventilação natural desenhado por Ian. Ao centro há uma mesa redonda onde vários tubos de vidro, frascos e pipetas se empilham em suportes de arame. Há papeis com anotações, várias lamparinas e algumas pinças de vários tamanhos. Numa das extremidades há uma mesa rectangular que serve de suporte a um pequeno destilador artesanal de cobre martelado, onde Ian extrai essências de algumas plantas. Sobre a mesa oposta, na outra extremidade do laboratório há livros, papeis e canetas, um sistema de lupas e luzes serve de microscópio, há também varias lamelas com amostras. Em ambas laterais do laboratório, existem estantes com frascos com todo o tipo de materiais, desde mercúrio a chumbo, líquidos complexos, essências de plantas e outros estranhos frascos escuros que não permitem a quem olha perceber o que contêm. A luz que ilumina o espaço é indirecta e com um tom azulado, criando uma atmosfera quase surreal que permite ver sem cansar o olhar.

António Almas

Na mesa central do laboratório Ian mistura algumas ervas com uns minerais para preparar um unguento, macera os componentes num almofariz até que se forme uma pasta macia e suave. Quando está mergulhado nas suas investigações não dá por o tempo passar, entre anotações e mesclas, perde-se por completo nos pensamentos. Subitamente é arrastado para a realidade, um ruído conhecido desconcentra-o, é um bater intenso na porta principal da casa. Alguém em apuros, clama pela sua atenção. Olha para o relógio são duas da manhã. Só alguém aflito subiria aquela estrada íngreme até sua casa no meio da madrugada. Limpou as mãos e apressou-se a subir até ao andar térreo. Pelo caminho tentava esquecer o trabalho que deixara a meio e focar-se na realidade, seria alguém doente?

Abre a porta sem espreitar pelo óculo, estava escuro, e apenas distinguia dois vultos do lado de fora, apressou-se a acender a luz. Um homem na casa dos 50 anos carregava uma rapariga no colo.

-Mestre Ian, sou Glen o merceeiro, a minha filha desmaiou e ainda não acordou. Já tentamos de tudo, estamos desesperados, será que nos pode ajudar?

-Entrem, sigam-me! - Respondeu Ian.

Levou-os até à biblioteca, pediu ao homem que colocasse a rapariga sobre a chaise long, e apressou-se a sentar-se a seu lado.

-Por favor espere na sala ao lado. - Disse para Glen que continuava com o semblante carregado de preocupação.
Este saiu, em direcção à outra divisão da casa fechando a porta atrás de si.

Já estava habituado a ser procurado a meio da noite por pessoas em aflição. Na aldeia todos o conheciam por Mestre Ian, era considerado um curandeiro, alguém com poderes especiais. Muitas pessoas acorriam a ele quando não conseguiam encontrar saída no mundo da medicina moderna. Quando todas as portas se fechavam, seguiam pela estrada sinuosa até sua casa, para que os ajudasse, e nunca lhes deixou de abrir a porta, fosse a que horas fosse. Muita gente também o procurava como conselheiro, ou quando as suas mentes se encontravam perturbadas por problemas do foro psicológico. Ele, sempre recorrendo aos seus conhecimentos ancestrais, resolvia os problemas, interessava-se pelos tormentos de cada um e por isso tornou-se alguém conhecido e admirado entre as aldeias vizinhas.

Astrid continuava deitada, desacordada, Ian, arregaçou as mangas do robe e colocou as mãos em concha sobre a cabeça da rapariga. Sentiu o pulsar do seu corpo, mas, algo ali estava errado, havia uma energia estranha, algo extremamente forte, mas que estava resguardado, fechado numa zona do seu corpo que lhe era inacessível. Levantou-se e saiu da biblioteca, à porta o pai impaciente, pergunta-lhe:

-Mestre Ian, como está a minha filha? - Ele responde-lhe
-Calma Glen, ela vai ficar bem, preciso ir buscar algo ao laboratório, volto já!

Desceu rapidamente, em movimentos tão acelerados que parecia levitar no ar. Foi direito à estante e pegou num frasco que tinha escrito "Óleo de canela", este óleo é produzido a partir de galhos e folhas da caneleira, que depois destilados dão origem ao óleo medicinal. Ian conseguiu plantar junto à casa meia dúzia de pés desta planta que trouxe do Sri Lanka.

De passagem pela bancada agarrou numa lamparina e num tripé que tinha sobre ele um pequeno prato de cerâmica. Num instante estava junto de Astrid. Colocou sobre a mesa a lamparina, acendeu-a, sobre ela, seguro pelo tripé, estava o prato de cerâmica onde derramou um pouco de óleo de canela que ao aquecer libertava um aroma adocicado. Colocou óleo nas mãos e pousou-as sobre a testa de Astrid. Voltou a sentir aquela força imensa, contida, escondida dentro da rapariga, fechou os olhos, pronunciou uma prece em voz muito baixa, e esperou.

Astrid sempre fora uma criança especial e, com o passar dos anos, a sua fragilidade tornou-se evidente. Desmaiava com frequência, os pais preocupados tinham levado a menina a vários médicos e especialistas. Fizeram-lhe vários exames e nunca encontraram uma explicação lógica para os frequentes desmaios de Astrid. Sua mãe, Brianna, tinha tido um parto difícil, por pouco Astrid não conseguia inspirar o primeiro ar da vida. A partir dos sete anos começaram os desmaios, uma emoção mais forte que o habitual e a menina desfalecia. Os pais corriam em seu auxílio e com um frasco de éter que lhe davam a cheirar, acordava. Na adolescência os desmaios começaram a tornar-se mais complicados, levava mais tempo a despertar, e durante o tempo que estava desmaiada tinha "pesadelos", ninguém entendia o que se passava.

Astrid era hoje uma mulher formosa, a sua pele clara e os cabelos acobreados faziam ressaltar o seu olhar doce e terno, tinha completado há pouco vinte sete primaveras, uma luta constante com a sua saúde frágil. Trabalhava na pequena mercearia da família no centro da aldeia, onde ajudava os pais. De vida modesta, Astrid nunca havia tido um namorado, ou pelo menos alguém com quem tivesse ido mais além de algumas conversas e trocas de olhares, apesar de ser uma rapariga de rosto bonito e corpo bem talhado. Era tímida e fechava-se por entre os seus cabelos longos, escondendo-se da vida, como se quisesse passar despercebida.

Ian começava a ficar preocupado, as inalações não estava a resultar e a unção e as preces também não. Volta a ungir as mãos com o óleo, e concentra toda a sua energia na ponta dos dedos que firma na testa de Astrid. Cerra os olhos e pronuncia numa voz grave:

"-*Spiritus dei ferebatur super aquas, et inspiravit in faciem hominis spiraculum vitae. Sit Michael duz meus, et sabtabiel servus meus in luce per lucem fiat verbum halitus meus; Et imperabo spiritibus aeris hujus, et refroenabo equos solis voluntate cordis meis, et cogitatione mentis meae et nutu oculi dextri. Exorciso igitur te, creatura derbis, per pantagrammaton et in nomine tetragrammaton, in quibus sunt voluntas firma et fides recta. Amen. Sela fiat. "*

(O Espírito de Deus pairava sobre as águas, e soprou no rosto do homem o fôlego da vida. Michael Haja meu duz, e o meu servo será sabtabiel à luz da palavra de ser feito por meio da luz, minha respiração é, e ele te dominará os espíritos do ar deste, e os cavalos do refroenabo o Sol do meu coração e minha mente e no pensamento, pela vontade do olho direito de. Exorcismo então, enquanto você, uma criatura de Derbyshire, pelo Pantagrammaton em nome do Tetragrama, e, em que são firmes e a vontade da fé correta. Amen. Sela, que assim seja.)

Subitamente o corpo de Astrid começa a vibrar e Ian absorve um fluxo imenso de energia que se liberta da mulher, prostrada na sua frente. Pelos olhos fechados dele passam milhões de imagens gravadas na mente dela, libertando-a. Ian desfaleceu sobre o corpo de Astrid, e por vários minutos fez-se um silêncio sepulcral, nada se mexeu. Os olhos de Astrid abriram-se de repente e deparam-se com o corpo inerte de

Ian sobre suas pernas. Ouviu-se em grito, Glen abriu a porta, viu a filha de pé, e Ian caído sobre a chaise long.

Um turbilhão de estrelas dirigia-se para Ian a uma velocidade impressionante, passavam ao seu lado, como imagens soltas de um filme quebrado em fotogramas. Não sabia onde estava, tudo o que via era aquele fluxo imenso de imagens brilhantes, tentava perceber o que continham mas passavam tão rápido que não se dava conta. De repente as imagens transformam-se em corpos que correm na sua direcção, como se fugissem de algo tenebroso. Uma multidão em pranto envolveu-o e roçava-se pelo seu corpo. Apercebeu-se então que havia entrado na alma conturbada daquela jovem mulher, e que, o que desfilava perante ele eram os seus pesadelos, que fluíam, tentando fugir de algo muito mais assustador que eles. Viu passar Astrid em diversas idades, reviu momentos de horror que se projectavam do fundo dos olhos dela. Escutava os gritos de angustia de anos de desmaios em que ficava presa dentro do seu próprio corpo sem conseguir movê-lo.

A biblioteca estava numa agitação, Glen e Astrid tinham levantado o corpo de Ian e colocaram-no no lugar onde antes estava Astrid, tentavam por todos os meios despertá-lo, já não sabiam o que fazer. De repente escutaram a sua voz trémula:

-Não se preocupem, já estou a recuperar! - Então abriu os olhos e tentou endireitar-se.

-Glen, a tua filha está bem? - Perguntou-lhe.

-Sim, Mestre Ian, ela despertou e penso que no mesmo instante o senhor desmaiou!

O homem e a filha estavam agora mais preocupados com Ian que com o problema que os trouxera até ali, mas ele estava já recomposto e acalmou-os, pedindo a Glen que ficasse com Astrid no casarão, ofereceu-lhes os quartos de hospedes onde podiam descansar, pois já era tarde para fazer o caminho de volta. Glen agradeceu e apressou-se a avisar a mulher pelo telemóvel que ficariam em casa do curandeiro.

Ian precisava estudar melhor o que se tinha passado naquela noite, pois havia algo que ele queria perceber desta descarga de sensações que o tomou, não conseguia entender o que se

António Almas

passava na alma daquela mulher. Depois de acomodar as visitas, dirigiu-se para o quarto, a sua cabeça latejava com vozes que gemiam murmúrios. O dia estava a romper quando conseguiu adormecer.

O quarto de Ian, tinha várias janelas e uma porta de vidro que dava para uma varanda com vista para o lago. A cama ocupava o centro do quarto, era ampla e cómoda, sobre ela pendia um véu que cobria toda a cama partindo de um único ponto no tecto. Havia vários tocheiros e castiçais com velas, um conjunto de sofás, uma mesinha pequena com alguns livros. Das paredes suspendiam-se artefactos antigos, máscaras e lanças, papiros emoldurados, haviam candelabros sobre uma cómoda repleta de gavetas. Um banco comprido preenche o fundo da cama, e num dos cantos um espelho enorme segura-se no equilíbrio de um tripé. Vários queimadores de incenso, das mais diversas formas e estilos espalhavam-se por cima das diversas peças de mobiliário. Junto às janelas pesadas cortinas de veludo purpura caiam do tecto e eram apanhadas por laços seguros por mãos de madeira a cada lado das janelas e porta. O soalho de madeira envernizada era coberto aqui e ali por tapetes persas e pilhas de livros.

O dia despontava, a nascente os primeiros raios de Sol entravam pela janela de Ian. Era hábito acordar por volta das seis da manhã, apesar de sempre se deitar tarde. Estranhamente este sono não era tranquilo, estava agitado, a sua alma estava cheia de pesadelos, de pensamentos e imagens pesadas. O corpo, de estatura média, mexia-se na cama, os lençóis estavam caídos num dos lados e as almofadas dispersas. Balbuciava algumas palavras, depois voltava o silêncio, novamente quebrado por braços que se mexiam, o corpo que rolava num desatino quase frenético.

Era a alvorada de um novo dia e Astrid, no quarto da casa de Ian dormia tranquilamente, ficou exactamente na posição em que se havia deitado. Dormia profundamente quando os raios de Sol foram acariciar o seu rosto divinal. Acordou sem perceber ao primeiro abrir de olhos onde se encontrava, depois recordou os acontecimentos da noite anterior e ficou agitada, mas lembrou-se também de como Ian a havia resgatado daquele pesadelo, sorriu, como era belo aquele homem, pele morena, cabelo curto. Sentou-se na cama e ficou a olhar para os detalhes do quarto.

No meio de suores frios, quando uma imagem indefinida o tentava absorver num pesadelo horrível, Ian desperta soltando um grito. Os olhos, castanhos escuros, abrem-se de repente como se quisessem saltar-lhe das órbitas e fica sentado na cama. A respiração ofegante ressoava por toda a habitação. Inspirou profundamente e num murmúrio invocou o arcanjo São Miguel:

"-São Miguel à frente para me defender. São Miguel atrás para me proteger. São Miguel à direita e à esquerda para me acompanhar. São Miguel acima para me iluminar. São Miguel abaixo para me sustentar. São Miguel, São Miguel, São Miguel! Eu Sou o seu amor que me protege aqui , Eu Sou o seu amor que me protege aqui, Eu Sou o seu amor que me protege aqui. Que sejam transmutadas todas as forças Negativas que tentam escravizar-me, Que sejam transmutadas todas as forças Negativas que tentam escravizar-me, Que sejam transmutadas todas as forças Negativas que tentam escravizar-me."

Uma brisa perfumada percorreu o quarto.

Os olhos de Astrid deambulavam pelo compartimento onde dormia, tudo era em tons suaves, de um creme claro. As paredes estavam cobertas de papel de parede com motivos florais clássicos. As janelas tinham reposteiros enormes num veludo cor de palha seca, seguros quase a um metro do chão por imponentes mãos, somo se a parede quisesse abri-los. A cama era imensa e o colchão macio, nunca tinha dormido numa cama tão grande e confortável, quiçá por isso se sentisse tão tranquila e descansada, há anos que não se sentia assim.

De repente ouviu um grito alto que vinha de outro compartimento da casa, assustou-se e levantou-se num salto, seria o seu pai? Seria Ian? Meu Deus, apressou-se a procurar a sua roupa e a vestir-se.

Apesar de o Sol ter despontado no início da manhã, estava agora um denso nevoeiro que impedia a vista do lago que ficava a poucos metros da casa. Ian levantara-se e ao caminhar pelo quarto tudo lhe parecia descolorado. Abriu a porta e encontrou Astrid com um tom pálido à porta do quarto de hóspedes, no mesmo instante Glen abria a porta do outro quarto.

-Quem gritou? - Perguntou Astrid.

-Estava a ter um pesadelo, devo ter sido eu – Respondeu Ian.

-Está bem Mestre? - Perguntou Glen.

-Sim... Estou, um pouco cansado, mas... E tu Astrid, como te sentes? - Indagou Ian.

-Estou bem, há muito tempo que não dormia assim, tão tranquilamente - Respondeu Astrid com um sorriso e agora visivelmente mais calma.

-Vamos descer - Disse Ian – Esperem um pouco na sala enquanto preparo o pequeno almoço.

-Por favor Mestre Ian, não queremos dar-lhe mais trabalho, já basta toda a perturbação que lhe causamos a meio da noite, nós vamos embora - Respondeu-lhe Glen com ar atrapalhado.

-Por favor, insisto, fiquem para tomar o pequeno-almoço, até porque ainda gostaria de observar Astrid, se não se importar Glen - Ian começou a descer a escadaria segurando-se firmemente ao corrimão de madeira.

-Se insiste, e uma vez que é necessário ver-me de novo nós ficamos, não é pai? - Respondeu Astrid que estava a adorar aquela casa.

Acompanharam e dirigiram-se à sala principal, enquanto Ian foi para a cozinha, ao passar junto da porta da biblioteca sentiu um arrepio de frio. Era preciso limpar a energia negativa que ainda persistia na casa e em particular naquela divisão onde ocorreram os factos. Mas não havia tempo, era preciso preparar algo para os convidados, e voltar a observar Astrid, precisava urgentemente perceber melhor o que se passava com a alma daquela mulher.

António Almas

Depois de preparar o pequeno-almoço, Ian juntou-se na sala aos convidados onde partilhou com eles a refeição matinal. Astrid, maravilhada com as sensações que aquele ambiente lhe despertava, questionava Ian sobre determinadas particularidades da casa e do seu quotidiano, às quais Ian respondia com delicadeza, sem aprofundar demasiado alguns detalhes pois gostava de preservar a sua intimidade e não era usual ter visitas em casa. Esta situação, a juntar às dúvidas que pairavam na sua mente e ao fluxo energético negativo que aumentava gradualmente na casa, estavam a deixar Ian muito preocupado.

Depois de comerem ele observou Astrid, ali mesmo na sala, não queria voltar à biblioteca pois Algo lhe dizia que não o devia fazer com gente em casa. No olhar de Astrid vislumbrou um brilho diferente, havia um fogo que começava a arder lentamente, Ian ficou intrigado.

Os convidados partiram e Ian desceu rapidamente para o laboratório para consultar uns manuscritos.

Na biblioteca algo de estranho se estava a passar, uma brisa vagueava, recolhendo toda a poeira numa pequena nuvem que, como tornado, percorria estantes e recantos. No laboratório Ian estudava as energias que se dispersavam pela casa, sentia que algo lhe escapava, não conseguia perceber. Não parava de pensar em Astrid, queria voltar a vê-la, ficara uma ligação entre ele e aquela mulher, era fundamental perceber o que ficou dentro dele, parece que ela, sem perceber havia plantado na sua alma uma semente que se agitava por germinar.

Regressava do laboratório, o dia estava no limiar da noite, subiu em direcção à biblioteca, ao colocar a mão sobre a maçaneta da porta, sentiu uma vibração intensa subir-lhe pelo braço. Hesitou antes de entrar, sabia que aquele lugar tinha ficado infestado de energias negativas. Não sabia o que ia encontrar, embora tivesse passado o dia a estudar aquelas forças, tudo era ainda uma incógnita na sua mente, mas esta sensação era um sinal que lhe deixaram para que não entrasse desprevenido. Um segundo antes de abrir a porta recordou-se da biblioteca, dos sítios onde tudo estava, reconheceu o terreno, inspirou fundo, rodou a maçaneta e entrou.

António Almas

Na aldeia chegara a hora de jantar, Astrid ajudava sua mãe na cozinha. No final da tarde tinha começado a sentir uma sonolência estranha e umas dores abdominais, não se queixou, mas agora as dores aumentavam e mal conseguia manter-se desperta, não teve alternativa senão contar à mãe. Brianna correu a chamar Glen que se encontrava ainda na mercearia.

-Glen, Astrid está de novo com problemas, acho que tens de voltar com ela à montanha!

Correram para a cozinha onde a rapariga já estava a desfalecer.

-Astrid, filha! - Gritou Glen, que se apressou a amparar-lhe o corpo em queda.
-Temos de de a levar ao mestre curandeiro, ela não está bem! - Disse Brianna.

Com a filha nos braços Glen dirigiu-se para a rua, sentou Astrid na carrinha e apressou-se a subir pela estrada sinuosa.

A luz na biblioteca era escassa mas Ian rapidamente percebeu que havia um vulto negro no canto oposto à lareira. Caminhou lentamente para o lado da lareira que por cima exibia duas espadas em cruz e um escudo em ogiva.

-Quem és tu? - Perguntou Ian

-Thanatos! - Responde o vulto negro numa voz profunda, envolto numa capa que lhe cobre o rosto.

-Ainda não fui chamado, que fazes aqui? - Diz Ian

-Vim buscar aquela mulher e tu impediste-me de o fazer. O teu atrevimento tem um preço, a tua vida! - Disse-lhe a Morte.
Ian estava já na frente da lareira e antes de se virar de costas para Thanatos, invocou Rá a plena voz, para que lhe abrisse as portas do submundo e o protegesse nesta batalha:

"-Para que a tua Luz esteja em mim, e sua chama vermelha seja uma espada na minha mão, para levar à frente a tua ordem. Abrirei uma porta secreta, para que teu caminho seja estabelecido em todos lugares. Sou Rá no seu levante, sou Atum no seu poente. Sou, sobretudo, Osíris no Ocidente, à

noite. Sou Íbis, cabeça negra, corpo branco, lombo azul. Sou aquele perante o qual se lança o decreto em Iunnu, a fim de que sua voz seja ouvida nos Planos Secretos. Venham a mim, ó Porteiros do Ocidente. Guardiões do Submundo, dêem-me passagem!" - Bramiu Ian

Rodou-se, num salto segurou a espada da direita, com a outra mão fez saltar o escudo do encaixe. Armado, voltou-se para Thanatos

-Não estou pronto para partir! Se me quiseres levar, tens de me derrotar! - Berra Ian.

Num pulo colocou-se em frente do vulto, uma luz acima deles começou a brilhar como um pequeno Sol, na sua mão a espada parecia incandescente como lava saída de um vulcão. Desferiu o primeiro golpe, que atravessou o vazio, desfazendo o vulto em poeira. Um remoinho envolveu-o, como areia fina projectada com uma força incrível, sentiu a pele arder-lhe, os olhos semicerrados, queimavam como fogo, elevou o escudo e protegeu-se.

Ao longe já se avistava a luz da casa de Ian, Glen suspirou de alívio, aquela estrada deixava-o mareado. De repente as janelas do casarão iluminaram-se num clarão intenso que alumiou tudo em redor, como se tivesse um relâmpago estoirado dentro da habitação. Glen travou a fundo, o suor escorria-lhe pela testa, algo de errado se estava a passar. Olhou para Astrid, ganhou coragem e acelerou o carro. Ao aproximar-se voltou a ver faíscas e relâmpagos que atravessavam as janelas da biblioteca, depois, um ruído ensurdecedor atravessou os campos, como se um gemido doloroso se transformasse num grito lancinante. Fez-se silêncio, tudo ficou escuro. Glen ficou ali parado por uns instantes, mas na sua urgência avançou com o carro o resto do caminho que o separava da casa de Ian num sobressalto completo. Instantes depois parou em frente à porta principal, os faróis ligados incidiam sobre a frontaria, havia vidros estilhaçados espalhados pelo chão que reflectiam a luz do carro, apenas uma coruja quebrou o silêncio da noite. A medo Glen saiu, aproximou-se lentamente da porta e bateu na aldraba.

Ian percorria um túnel escuro, longo e húmido, não se ouvia

vivalma, caminhava a tacto, orientado apenas pelas paredes arredondadas. Lembrava-se de ter evocado uma antiga formula de defesa no momento em que Thanatos desferiu um golpe fortíssimo com a sua gadanha.

-Morri! - Pensou, estou a percorrer o túnel do sub-mundo, Thanatos venceu-me.

Tentou recordar-se de uma forma de enganar a morte, que lhe permitisse escapar às garras do seu carrasco. Ainda não era o seu tempo, sabia-o, não havia cumprido todas as tarefas, não podia partir. Caminhando no sentido da luz, rezou a São Lázaro.

Como ninguém respondeu, Glen dirigiu-se para as janelas da biblioteca, olhou, mas a luminosidade era fraca e não conseguia ver nada. Meteu o braço por um dos buracos sem vidros da janela e abriu-a, entrou, os pedaços de vidro quebravam-se a cada passo. Pareceu-lhe ver um vulto no chão, assustou-se, saiu rapidamente, foi ao carro procurar a lanterna que sempre guarda no porta-luvas, Astrid continuava desmaiada, tinha de agir com lucidez e encontrar o Mestre Ian, a sua filha corria perigo de vida e o Mestre provavelmente também. Voltou a entrar na casa já com a lanterna acesa, dirigiu a luz para o chão onde lhe parecia haver visto o vulto, era Ian, caído sobre o lado esquerdo. Na mão direita tinha uma espada com a lâmina derretida e um golpe que sangrava no braço direito.

-Mestre Ian! - Gritou Glen

Abanou o corpo imóvel, parecia morto, virou-o de peito para cima, reparou que no braço esquerdo ainda segurava um escudo. Colocou a cabeça junto ao peito de Ian, ao principio não escutou nada.

Ao chegar ao fim do túnel a luz ofuscava-o, quase não conseguia ver. Uma voz forte fez-se ouvir:

-AMAIRGIN, mensageiro dos tempos, servo fiel e dedicado, que fazes aqui? - Questionou.

Já conhecia aquela voz, não se recordava de onde mas já tinha ouvido aquele timbre potente que parecia vir de todas as direcções.

António Almas

-Defrontava a morte quando presumivelmente ela ganhou a batalha e arrastou-me pelas trevas até aqui! - Respoudeu Ian.

Ouviu-se um trovão imenso:

-THANATOS, alma desgraçada, não tens o direito de colher os meus servos sem minha autorização, MALDITO SEJAS! - O chão estremeceu com o grito da Voz.

A luz ganhou maior intensidade e Ian perdeu completamente a visão.

Glen sentia-se perdido, tentou reanimar Ian, voltou a encostar a cabeça para verificar se havia algum sinal de vida, pegou na lanterna, iluminou-lhe os olhos, levantando as pálpebras. Os olhos giraram sobre as orbitas

-Onde estou? Quem és tu? - Balbuciou Ian.

-Sou Glen, o merceeiro da aldeia, estive cá com a minha filha, lembra-se? - Glen respondeu-lhe afastando-lhe a lanterna dos olhos.

Ian sentou-se com a ajuda de Glen, largando o escudo e e o que restava da espada no chão.

-Que lhe aconteceu Mestre Ian? Foi assaltado?
A dor reclamou a atenção de Ian, que olhou para o braço direito e sentiu que estava ferido.

-Não te preocupes Glen, já passou, preciso curar   esta ferida podes ajudar-me a levantar?
Glen aflito, não queria deixar de ajudá-lo mas estava preocupado com Astrid que continuava lá fora no   carro.
-Mestre, vou ajudá-lo, mas preciso também da sua ajuda,
Astrid voltou a desmaiar e está lá fora, desacordada! - Ian sobressaltou-se, será que Thanatos havia trocado a sua vida pela dela?

-Precisamos trazê-la para casa Glen, rápido, vai buscá-la e leva-a para a sala principal, vou tentar acender as luzes!

António Almas

Astrid sentia-se levitar, estava num lugar estranho, obscuro. Sentia-se presa, como se laços invisíveis a segurassem no ar. Há sua frente uma enorme porta de ferro, negra como a noite mais escura, vedava-lhe a passagem, onde iria dar? Escutava ruídos, uma espécie de gemidos baixos, às vezes parecia que alguém chorava. Esforçava-se por se mover, mas não conseguia, nem conseguia virar a cabeça para olhar em redor. Inicialmente pensou que havia morrido, que estava a ser arrastada para o Céu, ou para o Inferno, mas depois ficou ali, em frente daquela entrada fechada, parecia que esperava por algo ou alguém que lhe permitiria a passagem. Assustada, tremia, as lágrimas rolavam-lhe pela face. Queria gritar mas não conseguia fazer-se ouvir, os lábios não se mexiam, parecia que não tinha boca.

Ian dirigiu-se ao quadro principal, verificou os disjuntores e o diferencial, este último estava desligado, accionou-o e depois verificou se a luz do Hall acendia, já tinham luz. Abriu a porta principal para que Glen entrasse com Astrid e caminhou a passos largos para a sala principal acendendo as luzes por onde ia passando. À excepção da biblioteca todas as outras divisões da casa se encontravam em perfeito estado. Glen entrou com a filha nos braços e foi directo para a sala onde a deitou sobre um sofá comprido. Ian tomou-lhe o pulso, sentiu um alivio imenso quando constatou o pulsar do seu frágil coração, estava viva!

-Vou ao laboratório buscar algumas coisas, fica com ela que volto num minuto. - disse a Glen.

Afastou-se na direcção das escadas, apesar de combalido, voou sobre os degraus, na ânsia de conseguir rapidamente socorrer Astrid, ele sabia que quanto mais tempo ela estivesse neste estado de transe, mais difícil seria fazê-la regressar, todos os segundos eram preciosos.

Um ranger infernal assustou ainda mais Astrid, a porta na sua frente começava lentamente a abrir-se em duas. Os gemidos intensificaram-se, os choros aumentaram numa lamuria asfixiante, uma intensa luz alaranjada saía pelas frestas entreabertas da porta. Astrid lutava com os seus músculos frágeis para se libertar daquelas correntes invisíveis, parecia feita de pedra. Como desejava que Ian estivesse ali naquele momento para poder libertá-la daquela espécie de feitiço que a aprisionava. A porta parou de abrir, e do meio daquela luz surgiu um vulto, alguém com um manto negro caminhava em direcção a ela, parecia uma criança. O vulto foi crescendo, ficou imenso à medida que se aproximava. Quando parou em frente a ela era gigantesco, as vestes meio rasgadas eram pretas, baças como se estivessem carregadas dum pó denso. Tinha um capuz que lhe cobria a cabeça e o manto não deixava ver as mãos nem os pés, arrastava-se no chão. Inclinou-se sobre Astrid, no lugar do rosto apenas escuridão, como se houvesse ali um buraco negro. Pela primeira vez ela pode inclinar a cabeça na direcção da criatura que numa voz aterrorizante lhe falou.

O braço de Ian ainda sangrava empapando a manga da camisa rasgada, mas a dor tinha passado, carregava escadas a cima, alguns frascos e um livro antigo, num segundo estava de joelhos ao pé do sofá onde Astrid continuava desmaiada.

-Glen, por favor deixa-me só com a tua filha, espera na cozinha.

Ian apressou-se a abrir o velho livro, precisava procurar algo que imunizasse Astrid, ela fora enfeitiçada em criança e as forças do mal estavam a reclamar a sua recompensa. Parou numa pagina para ler com atenção o que estava escrito. O livro tinha gravuras antigas, desenhos de criaturas assustadoras e palavras numa língua ancestral.

-Esta não é suficientemente forte! - Disse Ian.

Continuo folheando, deteve-se um pouco mais à frente, esta página tinha desenhado um Sol que rasgava com seus raios as trevas, no centro do Sol, uma figura humana caminhava. Deixou o livro aberto e agarrou num dos frascos que continha um óleo azul claro. Ungiu as mãos, apanhou outro frasco, este com um liquido avermelhado e derramou três gotas na testa de Astrid. Olhou para o livro assente no chão, aberto na página que tinha escolhido e começou a ler em voz baixa o que estava escrito. Impôs as mãos sobre a testa de Astrid e mesclou o óleo com que se havia ungido com o liquido que estava na testa dela. Prosseguiu a leitura.

Astrid sentiu um odor ácido, um cheiro a enxofre que provinha da escuridão do rosto da criatura, não entendeu uma palavra do que disse, era uma língua estranha. Estava apavorada, aquele vulto pendia sobre a sua cabeça como se fosse devorá-la, chorava compulsivamente. Quando já quase desmaiava sob a pressão dos nervos, viu pelo canto do olho uma luz surgir do nada, abriu-se no ar um circulo e de dentro do circulo surgiu um vulto branco, parecia um cavaleiro medieval, era imenso, tinha o rosto coberto pelo elmo e na mão direita empunhava um raio de luz em forma de lança, no braço esquerdo um escudo branco protegia-lhe o flanco. A criatura girou a cabeça na direcção do cavaleiro e avançou para ele. Astrid, de olhos semicerrados, apenas viu que se digladiavam, desmaiou.

Glen estava aflito, há mais de uma hora que Ian estava na sala com a filha e não sabia de nada, não queria interrompê-lo mas estava a ficar demasiado ansioso, foi até ao lava-louça, abriu a torneira da água fria e passou as mãos molhadas no rosto. Na sala Ian repetia os escritos, balançando o corpo sobre a cabeça de Astrid, ainda faltavam mais seis vezes. Continuo a ladainha, no final retirou as mãos da cabeça da mulher, pegou num outro frasco que continha um liquido espesso, ao abri-lo um odor muito intenso propagou-se pela sala, era uma espécie de cheiro a éter, mas mais intenso e aromático, aproximou-o do nariz de Astrid que no segundo seguinte tossiu e abriu lentamente os olhos. A íris dos seus olhos era azul clara, Ian ficou por breves instantes hipnotizado com a beleza do seu olhar. Astrid tossiu mais uma vez e Ian voltou à realidade.

-Sentes-te bem Astrid? - perguntou-lhe .

-Estou um pouco zonza. - Respondeu ela.

-Deixa-te ficar deitada mais um pouco, vou chamar o teu pai, já volto. - Fechou os frascos e o livro, saiu carregando o que havia utilizado para resgatar Astrid. Passou na cozinha :

-Glen, a sua filha já acordou, vou ao laboratório deixar estes materiais e desifectar esta ferida, já subo para falar consigo. Vá fazer-lhe companhia na sala por favor. - disse-lhe Ian

Glen agradeceu e seguiu para a sala enquanto ele desceu até ao laboratório.

Estava exausto, estes encontros com as forças das trevas estavam a enfraquecê-lo, há muitos anos que não se sentia assim. Havia qualquer coisa que não conseguia entender, há sua memória vinham imagens de um tempo antigo, uma espécie de recordações. Astrid era um ser especial, ele sentia-o, era uma força aprisionada, não sabia como mas sentia algo de especial nela que o deixava preso à sua alma.

-Preciso desvendar este mistério! - Arrumou os frascos e colocou o livro numa prateleira, sentou-se numa das cadeiras deitou num trapo branco uma emulsão feita à base de erva loba e apertou contra o braço, depois ficou a olhar para o infinito. A sua mente ganhou asas e voou pelos céus dos tempos numa viagem aos confins da sua memória.

Na sala Glen ajoelhou-se ao lado da filha:

-Estás bem minha querida? - Disse para a filha.

-Estou um pouco tonta pai, mas já está a passar, o que aconteceu? - Perguntou ela.

-Voltaste a desmaiar e o pai trouxe-te de novo ao Mestre Ian! - Respondeu o pai.

-Tive medo pai, foi assustador, não quero voltar a sentir isto, por favor ajuda-me. - Astrid começou a chorar.

-Calma filha, o mestre Ian já regressa para falar connosco, vamos ver o que ele tem para nos dizer, deixa-te ficar deitada, tem calma estou aqui contigo! - Tentou acalmá-la Glen.

Astrid, ficou deitada no sofá enquanto o pai lhe limpava as lágrimas com um lenço que tirou do bolso. Afagou-lhe os cabelos longos e dourados e ela suspirou.

Ian regressou do laboratório com um pequeno saco de pano nas mãos e foi falar com Glen e a filha à sala. Apesar de não ter explicações detalhadas para lhes dar, tentou transmitir-lhes a ideia que sendo Astrid uma pessoa especial, precisava de fazer um tratamento para aliviar, e até quem sabe, curar, definitivamente aquela maleita que a afligia desde a infância. Ele sabia que o caso de Astrid não passaria apenas com aquilo que pretendia indicar-lhe para tomar, no entanto precisava ganhar tempo para estudar aprofundadamente o seu caso, e ao mesmo tempo, apaziguar aquelas forças que por dentro tentavam tomar o espírito dela.

-Astrid, neste saco de pano há folhas de arruda e um fraco com essência de lavanda e quero que todos os dias, antes de te deitares tomes um chá feito com as folhas, ferves mais ou menos vinte gramas delas num litro de água. Deves também preparar um banho de imersão onde vais deitar sete gotas da essência de lavanda. - Explicou-lhe Ian.

-Sim Mestre. - Disse Astrid.

-Glen, amanhã de manhã vá ao campo e colha vários ramos de alecrim para a sua filha. - Pediu Ian

-Há um ritual neste tratamento Astrid, deves fazê-lo exactamente como te vou descrever, de outra forma não terá o efeito desejado, certo? - Questionou.

-Sim Mestre. - Retorquiu Astrid.

-Vais fechar-te na casa de banho, acendes 7 velas em redor da banheira, queimas um ramo de alecrim enquanto vais rezando a seguinte oração, toma nota. - Ian alcançou-lhe uma folha de papel e uma caneta que estavam em cima duma mesa da sala - "*Virgem Mãe da Conceição, Mãe do poderoso Deus, tirai este mal, este quebranto, do meu corpo, Deus me fez, Deus me criou, Deus me perdoa, a quem mal me olhou, em louvor à Virgem Maria, Pai Nosso e Avé Maria*", depois então apagas o alecrim na água do banho e derramas as sete gotas da essência de lavanda. Mergulhas o teu corpo e tomas o chá enquanto te banhas, percebeste tudo? - Questionou Ian.

-Sim mestre, tomei nota da oração e de todos os detalhes, quantos dias devo fazer isto? - Perguntou-lhe Astrid.

-Sete dias, sem interrupções, depois tu e o teu pai devem regressar a minha casa, para fecharmos o ciclo de tratamentos, devem vir para passar a noite, pois o tratamento deve ser feito com a luz da Lua.

-Muito obrigado Mestre – Agradeceu Glen – Mas e o seu braço? Astrid vai fazer-lhe um penso e limpar-lhe essa ferida.

-Não se preocupem, eu já desinfectei e depois trato de fazer uma compressa – Recusou Ian amavelmente.

-Assim sendo – Disse Glen - Voltamos para casa, Brianna, minha mulher deve estar muito preocupada.

Glen e a filha voltaram ao carro, e regressaram à aldeia. Ian foi buscar uns cobertores para tapar as janelas da biblioteca, no dia seguinte teria de chamar alguém para concertá-las e teria de limpar toda aquela confusão.

O braço doía-lhe imenso, antes de se deitar foi fazer um penso, atando uma compressa com as mesmas ervas maceradas em volta do braço. Tinha sido uma noite agitada, passou pela cozinha comeu algo e foi para o quarto, estava exausto.

No meio do prado verde uma criança de aspecto singelo brincava com a sua espada de pau. O dia estava ensolarado e ali perto, na orla da floresta os pássaros cantavam. No alto duma pequena colina uma casa humilde dominava a linha do horizonte. Ouvia-se o ruído do ferro que embatia contra o aço espesso e rígido. Esta mescla de sons dava alguma harmonia ao momento.

-Vou atacar-te dragão malvado, não voltarás a destruir as aldeias do meu reino. - Dizia o menino enquanto investia contra o ar de espada em riste.

De repente, deixou de se ouvir o som do ferro, os pássaros levantaram vou, como se uma rajada de vento os tivesse assustado, as folhas das árvores da floresta invadiram o prado verde e uma voz feminina chamava num tom muito suave:

-Ian...

O menino parou, ficou arrepiado dos pés à cabeça, alguém chamava por ele...

-Ian...

Vinha da floresta, mas não era a voz da sua mãe, era uma voz diferente, melodiosa, suave e doce...

-Ian...

António Almas

Aproximou-se do limite da floresta, a espada tremia-lhe na mão, aquele valente guerreiro que enfrentava à pouco o dragão, era agora uma frágil criatura amedrontada, mas a sua curiosidade, tão própria da idade, não lhe permitia ficar quieto, queria perceber quem o chamava. Uma estrada separava a floresta do prado, Ian parou, ficou ali a olhar para as sombras das árvores, não vislumbrava ninguém.

-Ian, não tenhas medo, vem ter comigo – Disse-lhe a voz.

Na manhã seguinte à última visita à casa de Ian, Astrid acordou com a tranquilidade dos raios de Sol a dançarem-lhe no rosto, sentia-se muito bem, tinha sonhado toda a noite com aquele cavaleiro que a resgatou daquele pesadelo horrível. Ela não lhe tinha visto o rosto mas acreditava que era Ian, que no seu corcel branco a tinha ido buscar às portas do inferno. Depois da higiene matinal, desceu para tomar o pequeno-almoço em família, Brianna mal a deixou descer a escada logo lhe perguntou:

-Então filha, dormiste bem?

-Sim, como uma princesa – Respondeu Astrid com um sorriso de orelha a orelha.

-Ainda bem, estávamos a ficar preocupados, espero que o Mestre Ian desta vez tenha conseguido trazer-nos tranquilidade – Disse o pai – Não te podes esquecer das recomendações que te fez, são muito importantes.

-Sim pai, vou preparar tudo para ao final do dia fazer exactamente como Ian, quer dizer, o Mestre Ian, me explicou, lembra-te que tenho tudo anotado - Disse Astrid sentando-se em frente duma chávena de café com leite – Pai, não te esqueças de logo, assim que poderes, ires buscar alecrim.

-Fica tranquila filha, o pai não se esquece – Respondeu Glen antes de dar um gole no seu café com leite.

Depois de partilharem a mesa do pequeno-almoço, Glen e Astrid foram abrir a mercearia e Brianna ficou a arrumar a louça e a preparar os alimentos para a refeição seguinte.

António Almas

Ian tinha acordado cedo, depois de limpar novamente a ferida e fazer nova compressa de ervas, desceu para comer, sentia uma fome descomunal, o dia anterior tinha-lhe consumido imensas energias, precisava equilibrar primeiro o corpo e depois o espírito. Era preciso chamar alguém para lhe concertar as janelas da biblioteca, vestiu-se e desceu à aldeia para ligar para uma carpintaria que ficava na cidade mais próxima, passou na mercearia de Glen para saber de Astrid e voltou a casa. Depois pegou nuns panos, numa vassoura e numa pá e embrenhou-se no caos. Perdeu ali o resto da manhã, entre limpeza de estantes, arrumação de livros e recolha de vidros estilhaçados. Nem se apercebeu que o tempo voou, só o seu estômago o alertou para a necessidade de comer alguma coisa. Da parte da tarde vieram os homens para reparar as janelas e Ian foi para o laboratório, tinha de consultar alguns livros antigos, precisava de silêncio e privacidade e o rés-do-chão da casa era uma azáfama de ruídos.

Parado em frente à floresta, a criança tremia dos pés à cabeça, a mãe sempre lhe dissera que não falasse com estranhos, mas ali não havia ninguém, apenas uma voz melodiosa. Haviam certas histórias, contadas pelo seu pai à noite, em redor do lume, antes de ir dormir, sobre criaturas mágicas que habitavam a floresta contígua à propriedade. Ele lembra-se como gostaria de um dia ver uma daquelas fadas ou duendes que apareciam nas fábulas contadas pelo seu pai. Mas tinha medo, muito medo, porque havia algumas histórias que o deixavam horrorizado, falavam de bruxas e feiticeiros malvados, que roubavam crianças e as mergulhavam em poços fundos onde nem a luz do dia se alcançava.

De repente, um ruído estrondoso arrancou Ian aos seus pensamentos, cavalos, muitos cavalos em correria desenfreada subiam a estrada em direcção à casa de seus pais. Sobressaltou-se com tamanho alarido e desatou a correr em direcção à casa. Ainda girou a cabeça para ver quem vinha lá, eram guerreiros, provavelmente vinham buscar alguma espada já encomendada a seu pai..

O dia de Astrid tinha corrido bem, logo pela manhã a visita de Ian que a deixou muito contente, depois tinha atendido vários clientes, ajudado a mãe nas tarefas domesticas após o almoço e de tarde foi fazer algumas entregas que o pai lhe havia pedido. Depois de encerrar a mercearia tinha regressado a casa para ajudar a mãe com o jantar. Estava na hora de preparar o ritual que Ian lhe havia recomendando e Astrid seguiu à risca todos os passos. Enquanto pronunciava as palavras da reza, ela sentiu um energia percorrer-lhe o corpo, deixando-lhe a pele arrepiada, não se sentia sozinha ali, sentia a presença de um espírito que a envolvia num manto protector, ao mesmo tempo sentia as batidas do coração acelerarem e a sua alma encher-se de energia. A atmosfera era envolvente, o vapor da água quente inundara o ar com uma pequena neblina, Astrid, senhora de um esbelto corpo, pele branca, parecia no meio daquele instante uma deusa que mergulhava lentamente na água tépida do banho. A fragrância do alecrim e a luz ondulante das velas provocavam nela um misto de tranquilidade, e paz que parecia levitar na banheira. Veio-lhe à memória Ian, aquele homem solitário, de imponente porte, para ela, ele era como um cavaleiro, ou um mago, que, envolto na neblina que preenchia atmosfera, lhe aportava um ar de mistério que ela tinha curiosidade de desvendar. No seu rosto esboçou-se um sorriso.

Era noite escura quando Ian ouviu um dos homens a chamar por ele. Subiu:

-Senhor Ian, já terminamos o trabalho- Disse o chefe da equipa.

-Quanto lhes devo? – Perguntou Ian, acrescentando – Não sabeis como vos fico grato por terem atendido de imediato ao meu pedido, não queria que a minha biblioteca estivesse mais tempo sem vidros.

O chefe dos operários apresentou-lhe a conta, Ian pediu-lhe que esperasse um minuto. Volto pouco depois com o dinheiro para lhe pagar e deu a todos uma pequena gorjeta pela forma prestável como o auxiliaram. Os homens agradeceram e retiraram-se. Ian voltou ao laboratório onde estava mergulhado na investigação do caso de Astrid. De passagem pela cozinha levou uma guloseima para que a fome não o desconcentrasse do seu objectivo. Quando foi interrompido pelos homens da carpintaria estava a consultar um livro que tinha um símbolo redondo na capa, vários símbolos egípcios dispostos duma forma circular em torno duma imagem central.

Num papel ao lado do livro Ian tinha transcrito:

"O Deus, O daqueles que dormem na morte desde o começo do tempo. O Deus Grande, Senhor do céu, da terra, do mundo espiritual, e dos mares grandes. Baixa, a alma de Osíris Shoshenq viverá."

Esta era uma tradução do painel central esquerdo do livro de Abraão.

Ian sentou-se e continuo a sua leitura, ele achava que Astrid era a encarnação de uma antiga feiticeira, a sua alma não era jovem, tinha poderes ancestrais que seu jovem corpo ainda não tinha descoberto. Aquela mulher ainda não tinha sido desperta, mas, alguém no mundo inferior havia descoberto a alma da feiticeira que, aprisionada num corpo por acordar para as artes da magia, não conseguia reagir. Por isso haviam enviado Thanatos para que este matasse a jovem mulher e se apoderasse da alma da feiticeira.

Era preciso, para além de proteger Astrid, encontrar forma de acordar a feiticeira que estava latente na sua alma, para que esta pudesse proteger o corpo onde havia encarnado.

Ian era filho de Cynbel, ferreiro conhecido pela sua arte de fazer espadas. Sua mãe, Boudicca era uma frágil criatura, sempre com problemas de saúde, esteve prestes a falecer aquando do nascimento de Ian, por isso lhe tinha escolhido aquele nome que deriva do Gaélico e significa "Deus é gracioso", foi a forma que os pais haviam encontrado não só pela dádiva dum filho varão, como pela salvação da mãe.

Ian sempre tinha admirado o pai, pela sua arte, pela força de vontade e inteligência que traziam até à sua forja gentes de toda a tribo, e de outras terras distantes. Ele perdia horas a ver o pai trabalhar o ferro. Às vezes este chamava-o para lhe ensinar algumas coisas, mas as ferramentas eram tão pesadas que Ian mal as conseguia levantar, então ajudava a manter o fogo com o fole, deliciava-se a ver as faiscas do ferro a temperar-se nas mãos do pai.

Em casa, e devido à fragilidade da mãe, Ian ajudava nas tarefas domesticas, aprendeu a cozinhar com ela, e fazia de tudo um pouco, ia buscar lenha, varria a casa e quando a mãe estava na cama, fazia-lhe os unguentos e mezinhas. A mãe que sempre se preocupou com a educação do pequeno Ian, mandava-o com frequência a Judoc, um velho druida que ensinava curas e a quem Boudicca recorria quando se sentia mal. Judoc era um mestre muito conhecido na região, era um importante líder espiritual, conhecedor da sua arte e famoso em toda a tribo Celtici. Com Judoc Ian aprendeu a arte de conhecer as plantas, o respeito pela Natureza enquanto Mãe universal, o druida também lhe ensinou como preparar não só as poções necessárias a auxiliar a saúde de sua mãe, como muitas outras. Ian adorava visitá-lo, passavam horas juntos pelos bosques recolhendo ervas medicinais. Depois na cabana, Judoc contava-lhe histórias sobre as origens do Mundo, ensinava-o a ler nos velhos livros do conhecimento.

Os dias seguiam tranquilos na pequena aldeia, Astrid continuava com a sua rotina diária, já haviam passado algum tempo desde que vira Ian pela última vez e o rosto dele não lhe saia da mente, particularmente à noite, antes de se deitar, enquanto executava o ritual que ele lhe havia recomendado. Estava a dormir mais tranquilamente e sentia-se mais bem disposta, os desmaios tinham desaparecido, mas aquela saudade estranha tomava conta do seu peito, contava os dias que faltavam até voltar à casa da montanha. Entretanto cantarolava enquanto entregava as encomendas na casa dos clientes da mercearia.

Os pais de Astrid sentiam se mais tranquilos, viam significativas melhorias no estado de espírito da filha e isso aportava-lhes uma paz interior muito grande. Toda a gente na aldeia tinha notado o brilho mais iluminado do sorriso daquela jovem, e comentava-se entre os vizinhos mais um sucesso conseguido pelo curandeiro Ian.

Ao jantar Glen disse à filha:

-Astrid, não te esqueças que amanhã devemos voltar a visitar o Mestre Ian.

Astrid sorrindo respondeu-lhe – Claro que não me esqueço pai, hoje é o último dia do ritual, já tenho tudo preparado.

-Como te tens sentido filha? – Perguntou Brianna.

-Estou muito melhor mãe, durmo serenamente, nunca mais senti nada, sinto-me leve como uma pluma. - Respondeu-lhe Astrid com um largo sorriso.

Depois de ajudar a arrumar a cozinha à mãe, Astrid foi fazer o último ritual indicado por Ian. Cada vez que repetia aquele processo sentia-se mais próximo dele, sentia-o no seu corpo, no seu espírito, como se estivesse ali, presente, no mesmo espaço, no mesmo tempo.

À medida que Ian ia descobrindo mais sobre aquela feiticeira escondida no corpo de Astrid, mais intrigado ficava, havia ali uma recordação premente, ele conhecia aquela energia de algum lado, mas não conseguia defini-la. Era como se em algum lugar no tempo se tivesse cruzado já com essa força, num outro corpo, mas o mesmo padrão, a mesma essência e fragrância.

Apesar de não perceber ainda muito bem o que fazer, estudava afincadamente o assunto, recorrendo a todos os seus conhecimentos. Nunca tinha realizado um ritual de despertar cósmico. Ian sabia que existiam vários universos paralelos, conhecia até formulas para abrir portais e cruzar os tempos, mas, há muito que tinha deixado de usar as técnicas das velhas artes druídicas, da alquimia, da magia e das ciências do oculto, tinha-se tornado um humano comum. O máximo que ousava praticar era a cura, através dos métodos ancestrais, apenas com o intuito de ajudar o próximo. Mas a sua longa vida tinha sido um percurso cheio de acção e conhecimento, desde aquele dia em que lhe tinham desperto os sentidos, tudo em seu redor se transformou, começou a olhar o mundo e o universo numa outra perspectiva, não tão limitada como até aí. Esta percepção extra-sensorial de que gozava, permitiu-lhe ao longo de décadas levar vantagem num mundo como a Terra. Tinha viajado muito, por vários continentes, tinha aprendido a lidar com a humanidade, tinha amado, e tinha-se desiludido, amadureceu na eternidade dos tempos e depois daquele dia fatídico, decidiu viver como um simples mortal.

Amanhã Astrid voltaria a sua casa, tinha de preparar-se, técnica e emocionalmente, pois sentia que no mais ínfimo recanto da sua alma, nascia um sentimento, novamente, ele lutava como outras vezes para negar e manter distante essa emoção, mas não era fácil. Algo queria desabrochar, um sentimento encerrado na masmorra mais recôndita, Ian tinha relegado o amor, tinha estabelecido que este nobre sentido era *persona non grata* na sua vida, pois no passado tinha-o feito padecer terrivelmente.

O jovem Ian, nunca mais esqueceu o dia em que aquela voz intrigante e misteriosa havia pronunciado o seu nome. Sempre que voltava a brincar no prado ficava atento, queria voltar a ser chamado. Os dias sucediam-se e o pequeno acabava por se distrair e envolver-se no seu mundo de sonhos, em que bravo era o guerreiro que lutava batalhas intermináveis contra as forças do mal.

No final duma tarde, Ian montava o seu intrépido cavalo imaginário, quando de repente, na orla da floresta um vulto feminino lhe acenou. A mulher com uma capa castanha até aos pés e um capuz que lhe cobria parcialmente os longos cabelos negros, chamava-o com acenos de mão. Era alta e bela, e a curiosidade de Ian levou-o até à berma da estrada que separava os dois mundos:

-Olá Ian – Disse a voz, sem que os lábios se movimentassem.

-Ooolá – respondeu Ian a medo, mas logo questionando – Quem és tu?

-O meu nome é Ataegina – Respondeu a misteriosa mulher

-E como sabes o meu nome? - Perguntou Ian irrequieto.

-Sabes Ian, tu ainda não entendes, mas já nos conhecemos, e estou aqui para fazer-te recordar daquilo que já vivestes, para te contar a história do teu passado. Estou aqui para te lembrar quem és – Respondeu Ataegina, tirando do manto uma flauta que estendeu a Ian – Toma esta flauta, ela será o nosso elo de ligação, sempre que quiseres falar-me, toca-a e eu virei ao teu encontro.

Ian hesitou, mas como qualquer criança curiosa acabou por estender a mão e tocar a flauta. Ao fazê-lo, sentiu um calor morno subir-lhe pelo braço, ao olhar nos olhos da mulher viu o céu estrelado expandir-se como se o seu próprio espírito tivesse entrado pelo olhar dela para uma viagem pelo Universo. O corpo estremeceu-lhe, conseguiu fechar a mão sobre a flauta e puxá-la. Nesse instante o seu espírito foi sugado para dentro do seu jovem corpo, tudo voltou ao normal, a mulher na sua frente havia desaparecido e ele encontrava-se na berma da estrada, contígua à floresta. Ouviu a voz de sua mãe chamando-o ao longe, era hora de regressar a casa. Guardou a flauta no bolso da jaqueta e correu, como pode, em direcção ao casario.

Na noite anterior a visitar Ian, Astrid sonhou ter feito amor com o druida, apesar de ainda ser donzela, sentiu-o como se este a estivesse desflorar, com a ternura de quem sabe a arte de amar uma mulher, com a sabedoria de quem sente com a

António Almas

alma cada detalhe do prazer. Astrid sentia cada pedaço da sua pele tocar-lhe, conseguia perceber-lhe o calor intenso do beijo, o fogo do seu corpo entrando no dela. Esta dança de vultos era acompanhada das luzes das estrelas que se precipitavam dos céus em fogos de artifício de todas as cores e uma melodia ondulante acompanhava os corpos dos amantes em delírios de paixão. Ela podia ver o brilho dos seus olhos, eram raios de Sol que se expandiam na sua direcção, o abraço era como mergulhar naquela banheira de água tépida, com perfumes de lavanda e alecrim, sentia-se a flutuar, como se ele a amasse no ar.

O corpo da bela jovem agitava-se por entre os lençóis, ela vivenciava o seu sonho como se fosse a mais pura e bela realidade, deixava-se tomar pelo seu amado como se da primeira vez se tratasse e, simultâneamente, a última vez que o pudesse ter. Neste sonho Astrid sentiu o seu amor por Ian nascer, como se no seu peito uma nova alma brotasse, algo ancestral e antigo, como se sempre o tivesse sentido, como se sempre o houvesse amado, era incompreensível este sentimento, mas era igualmente incontornável que aquela mulher estava a renascer por dentro.

Acordou de rompante, apercebendo-se que estava a sonhar, sentiu-se diferente, o corpo suado ainda latejava pelo prazer encontrado, a alma leve como uma pluma esboçou-lhe no belo rosto um leve sorriso e Astrid percebeu ali, naquele momento que aquele amor era só seu.

Anoiteceu e Ian sentia cada vez mais uma angustia dilacerante, amanhã Astrid ia regressar ao casarão ao final da tarde, estava aflito, precisava ter a certeza que aquilo que tinha planeado fazer era o certo, que não colocaria em risco a vida daquela jovem.

Havia décadas que não se comunicava com os entes, tinha abandonado os caminhos da magia para se dedicar a ser um homem comum, queria desesperadamente ser apenas isso, um homem comum. Desde aquele dia fatídico em que havia perdido o seu grande amor, que tinha jurado a si próprio converter-se à solidão, viver isolado e usar apenas os seus conhecimentos para ajudar aqueles que necessitassem do seu apoio.

Mas a situação de Astrid era complexa, e ele, apenas com as limitações que se impusera não conseguiria resolver o problema, se o não resolvesse, mais cedo ou mais tarde, as trevas reclamariam a alma da feiticeira e a jovem Astrid pereceria, sem sequer perceber o que a havia matado.

António Almas

Desceu ao laboratório, dirigindo-se a uma das estantes com livros, passou os dedos pela parte inferior duma prateleira, escutando-se um ligeiro ranger, a estante deslocou-se, surgindo na parede de rocha espessa uma abertura. Ian entrou naquele túnel que tinha surgido, descendo uma série de degraus em espiral escavados na pedra, até chegar a uma espécie de galeria, continuou descendo, à sua frente abriu-se uma imensa gruta natural, escondida nas entranhas da terra. No topo da abóbada uma abertura liga-a ao mundo exterior, um antigo poço, outrora o lugar era uma imensa cisterna de água. Da cúpula pendiam as raízes dos carvalhos que circundavam o poço à superfície, entranharam-se na terra à procura da água e cresceram em espirais até ao chão da gruta formando espessas colunas que pareciam sustentar o tecto da abóbada. Nas paredes em redor da gruta com forma circular haviam relevos escavados na massa rochosa, no topo norte um triskelion em reverência aos druidas, a sul o olho de Hórus divindade egípcia, a leste a cruz ansata símbolo da vida eterna e a oeste a cruz Gammadia em representação da sapiência grega, vários textos esculpidos em muitas línguas antigas descia das paredes e em nichos escavados na rocha estátuas dos sete arcanjos, Miguel, Gabriel, Rafael, Uriel, Fanuel, Zaraquiel e Simiel. Eles eram os guardiões deste santuário. Saindo da rocha e atravessando todo o espaço numa recta perfeita que seguia de Norte para Sul, um regato de água fluía. Há imenso tempo que não descia até àquele lugar sagrado, quando chegou ao último degrau, antes de colocar os pés no chão da gruta, fez uma vénia, tocando com a mão direita no peito e posteriormente na testa. Seguiu um trilho iluminado em direcção a um pequeno altar no centro da enorme gruta, mesmo debaixo da abertura e por baixo do qual passava o regato de água. Antes de chegar ao altar, parou, debruçou-se sobre uma estalagmite com concavidade em forma de taça, cheia de água límpida que escorria duma das várias estalactites do tecto, lavou as mãos e o rosto. Dirigiu-se depois para o altar onde em voz muito baixa proferiu uma prece antes de tocar com a ponta dos dedos no mármore branco da superfície para abrir um pequeno compartimento de onde retirou uma pequena flauta. Encostou-a aos lábios e soprou.

Assustado com o aparato daquele encontro, o jovem Ian regressou a casa, levando no bolso a flauta, na mente mil perguntas por responder. Ajudou a mãe a terminar o jantar e por a mesa para a refeição sem fazer qualquer comentário, pois temia que a mãe lhe ralhasse por ter conversado com uma estranha e ainda por cima ter aceite um objecto das mãos da mesma. Depois de jantar ficou à lareira com os pais que conversavam sobre a vida da aldeia, mas não via a hora de o mandarem deitar, queria ver de novo a flauta, estava curioso.

Quando finalmente foi para a cama, tirou do bolso a pequena dádiva, era feita de um osso oco e tinha sete buracos. Pelo aspecto parecia ser um objecto muito antigo, no entanto parecia bastante resistente. A vontade de Ian era experimentá-la, mas sabia que ao tocá-la algo podia acontecer, ainda recordava o que aquela estranha mulher lhe dissera "- Sempre que quiseres falar-me, toca-a e eu virei ao teu encontro.". Não arriscaria, depois já estavam todos a dormir, Ian não fazia ideia do ruído que podia provocar com a flauta. Decidiu colocá-la numa caixa de madeira, debaixo da cama, onde guardava algumas das coisas com que costumava brincar.

Na manhã seguinte Ian é enviado a Judoc a fim de ter mais uma das suas aulas. Durante a conversa com o Druida, Ian questiona-o sobre o nome Ataegina, Judoc fica espantado com a questão do jovem aprendiz e perguntou-lhe:

-Onde ouvistes esse nome Ian?

O rapaz atrapalhado diz-lhe – Foram uns homens que passaram na estrada enquanto brincava Mestre, eles estavam a falar e eu ouvi o nome, que achei bonito.

-Jovem Ian, Ataegina é o nome de uma Deusa que é venerada pelas tribos locais e tem um poder imenso, Ela tem o poder da cura, mas igualmente o poder da vingança e da morte.

-Ela é perigosa Mestre?

-Sabes Ian, todos os Deuses têm uma parte divinamente bela, mas quando provocados, todos eles podem exibir a sua ira, Ataegina não é diferente, se a invocares para fazer o bem, ela ajudar-te-á, se a provocares com o mal, Ela tem o poder de destruir-te.

-É possível falar com essa Deusa?

Judoc sorriu e respondeu -Caro Ian, as preces são conversas com os deuses! - Exclamou.

António Almas

-Mestre, eu refiro-me a falar, olhos nos olhos com esta Deusa.

-Bommm, não é de todo impossível meu caro aprendiz, mas eu diria que serão muito poucos os homens que neste mundo tiveram essa faculdade. Só aqueles de nós que atingem determinados graus de conhecimento, ou então, os chamados "escolhidos", podem aspirar a estar um dia cara a cara com Ataegina, ou com qualquer outro Deus.

Ian percebeu naquele momento a dimensão do que sucedera no dia anterior, o seu rosto ficou pálido e a medo colocou uma última pergunta – Mestre, como se sabe se pertencemos aos "escolhidos"?

-Um "escolhido" é uma pessoa que já nasce marcado pelo destino, alguém a quem foi concedido o máximo poder entre os humanos, alguém que foi agraciado com a luz eterna. Essas pessoas são especiais, e, um dia, vão perceber isso, ou, serão chamadas pelos deuses para seguirem o seu caminho.

Nesse momento Ian desfaleceu e caiu no chão.

Depois daquele sonho tão intenso Astrid passou o resto do dia a contar os minutos até que chegasse a hora de ir ver Ian. Correu para fazer as entregas com a esperança de que o tempo corresse e tudo acontecesse mais rapidamente.

O que será que Ian ia fazer para resolver o seu problema, pensava ela enquanto distraidamente trocavas as compras duma freguesa com as de outra:

-Menina Astrid – Dizia a cliente – Essas não são as minhas coisas, onde está com a cabeça?

-Desculpe dona Lynette, realmente estava com a cabeça na Lua. - Sorriu e colocou as compras certas na sacola da cliente.

Será que já não o voltaria a ver? Pensava Astrid, se ele a curasse provavelmente só voltaria a vê-lo quando descesse à aldeia, coisa que acontecia raramente. Ficou triste com o pensamento, naquele momento desejava não ficar curada para voltar a estar mais vezes com Ian. Tinha de lhe deixar um sinal de que queria voltar a estar com ele, mas não tinha coragem de lho dizer. -Já sei – Pensou – Vou escreve-lhe uma carta e entregar-lha num momento em que ninguém perceba. A ideia ficou a tarde toda na sua cabeça, mas não sabia o que escrever-lhe, não podia simplesmente dizer-lhe que o amava, sem sequer terem tido um único momento de intimidade. Talvez pedir-lhe que lhe ligasse, mas depois se a mãe ou o pai atendessem não perceberiam porque ele lhe havia ligado. Mas, a sua alma dizia-lhe que esta não seria a última vez que estaria com Ian, algo estranho, uma espécie de premunição lhe dizia que ainda haveriam de passar muito tempo juntos. Essa sensação prolongava-se juntamente com a sensação de já terem estado juntos no passado, Astrid pensava que isso se devia à intensidade do seu sonho. Acabou não escrevendo nada, quando chegou o fim da tarde, saiu mais cedo da mercearia para se preparar, queria apresentar-se bela e perfumada.

O som da flauta ecoou pela gruta em sons melodiosos, Ian parou, e de repente soprou uma brisa que entrou pela abertura no tecto e desceu em espiral sobre o altar, era uma brisa cálida e perfumada com aromas de jasmim que se enrolou ao corpo dele. Ouviu uma voz atrás de si:

-Olá Ian.

Virou-se, e lá estava Ataegina, o corpo coberto por uma túnica branca, irradiava uma luz própria. Fez uma vénia para a cumprimentar flectindo os joelhos.

-Caríssima Deusa! - Exclamou.

-Há quanto tempo não me chamavas? Sei que ficaste revoltado por não ter salvo Aine, mas naquele momento o destino tinha de ser seguido e não alterado. Eu não podia intervir, nem mesmo eu poderia ter mudado o rumo dos acontecimentos.
-Eu sei adorada Deusa, a desilusão foi dilacerante, mas não foi por revolta que não mais Vos chamei, apenas porque escolhi viver uma vida simples.

-E porque me convocas hoje? Passadas tantas décadas de silêncio. Tem de haver uma razão muito importante que te demova do teu voto de simplicidade.

-Há sim! Estou numa encruzilhada, e preciso da Vossa ajuda.

Ian explicou a Ataegina o caso de Astrid, como temia pela vida da jovem, como não entendia quem era aquela feiticeira que se escondia nas entranhas daquele corpo, e qual o motivo para que as trevas almejassem tanto destrui-la.

-Quero humildemente pedir-Vos que me ajudeis no ritual de amanhã, que o presidais, como fizestes no meu despertar, que a Vossa luz seja o escudo que proteja este ritual das trevas. - Pediu-lhe Ian.

-Meu caro discípulo, sabes que desde o primeiro dia que te apareci, na orla daquela floresta, que passaste a ter de mim as graças que pedisses, aquilo de que me falas é muito mais relevante do que possas imaginar, por isso não tenho como recusar-te apoio. - Respondeu-lhe Ataegina.

Era já madrugada quando se despediu da sua mentora e regressou à superfície. Precisava dormir pois as próximas horas seriam agitadas. Era necessário equilibrar as forças, apesar de estar mais tranquilo, agora que sabia poder contar com a sua Deusa talismã.

Seguindo as ordens de Ataegina Ian preparou o ritual de despertar cósmico, das suas leituras extraiu uma prece para tentar acordar o espírito latente em Astrid:

"EU SOU o peixe do Grande Hórus, imerso no esplendor da Lua, vejo o meu coração ancestral passar, na multiplicidade de mim mesmo, em todas as formas viventes.

Eu transformo-me, continuamente, e, diante do GUARDIÃO DA BALANÇA, velo sobre os meus corpos, através do princípio reencarnante.

Companheiro Divino da minha carne, revela-me a face do mistério oculto na minha díade humana; faz com que a Alma Suprema da Tríade Espiritual, se revista de Luz.

O ciclo da Vida Superior atrai-nos, a Hierarquia Celeste chama-nos, o período da eternidade una liga-nos aos nossos Flagae.

Que o plasma imortal se torne e permaneça sacro, até o dia em que se transforme em plasma espiritual.

O fluido conterá, então, a potencialidade material dos cinco princípios inferiores, as sete perfeições transcendentais que elevarão sempre o nosso EU, ajudando-nos a transpor as nobres portas que conduzem à Iluminação, à Sabedoria, até a outra margem, até a Casa Suprema do Pai.

Nós somos os filhos da Natureza Superior dos ELOHIM e da natureza inferior dos Elementos.

O pó da Terra formou-nos, o Sopro transformou-nos, através dos nossos Construtores, para que, da Matriz do Nada, nascesse a Alma vivente do Corpo de Maya.

A Serpente do Fogo nos ligou à Eternidade para esta missão suprema. Que os Antepassados Lunares nos ajudem em nome das Sete Estrelas, com Seus Sete Raios, forjem a essência positiva de nossa Sabedoria, trazendo-nos o Princípio Divino da Luz."

Teria de desenhar no chão um circulo com a simbologia encontrada no livro "A Clave de Salomão", para proteger Astrid naquele momento vulnerável, era a forma de envolver os 24 anjos das horas do dia e da noite, pois só as suas forças não seriam suficientes se, mais uma vez, as forças do mal resolvessem atacar. Esperava com este conjuro e com a protecção envolvente poder "acordar" a feiticeira, para que a jovem não corresse tanto perigo.

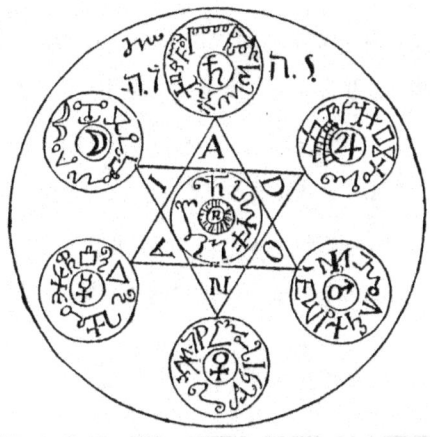

Enquanto preparava a cerimónia, a mente de Ian viajava a tempos remotos, revendo-se com a sua Deusa, Ataegina, na floresta junto à casa de seus pais, lembrava-se como tremia no momento em que decidiu segui-la para o interior do bosque. A sua curiosidade infantil, levou-o a descobrir um mundo ancestral, onde a magia e as forças tinham um encanto sobrenatural. Quando a mão de Ataegina lhe tocou pela primeira vez, para o ajudar a subir ao altar onde viria a conhecer a sua verdadeira essência, recorda-se como o seu corpo amedrontado sentiu uma calma indescritível, como se água morna se precipitasse pela sua cabeça e o banhasse até aos pés. Dentro da sua alma, um turbilhão de vozes sussurrava o seu nome e do escuro dos seus olhos fechados labaredas de luz desciam em espirais, sobre o seu corpo de criança. Quando as vozes se fundiram com o fogo, um grito intenso, atravessou-lhe a mente e de repente começaram a chover folhas de livros antigos, uma vaga de conhecimento invadiu o seu cérebro, que parecia não conseguir comportar nem mais um pensamento. Foi um instante pavoroso, Ian parecia que ia explodir, que o seu corpo se ia desintegrar.

O dia já adormecia no lusco-fusco da noite quando Glen e Astrid chegaram à casa de Ian. Este, que tinha ouvido a carrinha parar, veio esperá-los à porta principal. Quando Astrid saiu Ian sentiu o corpo estremecer ao contemplar tamanha beleza. Os movimentos delicados daquela mulher agitavam o tecido branco do seu vestido como vagas de espuma na areia duma praia deserta. Os seus longos cabelos eram como bandos de pássaros voando ao vento da tarde. Naquele instante parecia que tinha visto uma aparição, como se a própria Vénus estivesse caminhando na sua direcção. Tentou disfarçar o olhar, mas inevitavelmente encontrou o dela e enlaçaram-se numa troca que demorou um momento, mas pareceu ter sido eterna. O corpo dele arrepiou-se quando a sua mão estendida sentiu o cálido e envolvente aperto da de

Astrid. Geraram-se energias que fluíram entre ambos e também ela sentiu o desejo na palma da mão de Ian.

-Olá Astrid! - Cumprimentou Ian tentando disfarçar a emoção – Estás com um ar muito saudável e elegante, a própria Natureza se pasma com o teu encanto.

-Obrigado Mestre Ian! – Astrid ruborizou – É apenas um vestido branco – Disse sorrindo-lhe.

-Boa tarde Glen! - Cumprimentou Ian – Espero que tenham feito boa viagem até este confim do mundo.

-Boa tarde Mestre! Fizemos sim, apesar das curvas, e como não vínhamos com pressa, desfrutamos da paisagem que é sempre bela. - Disse Glen - Como está o seu braço? - Indagou o homem.

-Está quase sarado Glen! - Exclamou Ian.

Entraram no casarão, Ian encaminhou-os para a sala principal, onde todos se sentaram. Na mesa rebaixada que se encontrava em frente aos sofás estava um jarro de vidro com sumo e vários copos.

-Tomem um sumo de laranja enquanto vos explico o que se está a passar – Disse Ian.

-Obrigado Mestre, mas acabamos de jantar – Disse Glen.

-Eu vou aceitar pai, afinal o Mestre Ian teve todo este trabalho e parece mal não aceitarmos – Disse Astrid que desejava prolongar ao máximo todos os momentos com Ian.

Ian, muito cuidadosamente explicou a ambos o que havia estudado, sem entrar em detalhes, em particular no que se prendia com o despertar. Falou-lhes que o problema de Astrid era algo do foro psicológico que provocava alterações no seu sistema nervoso, que era necessário realizar um trabalho mais aprofundado e que seria necessário que ela ficasse por algum tempo no casarão, para que ele pudesse acompanhar de perto a evolução do seu estado de saúde.

Ian sabia que uma vez desperta, Astrid precisava ser ensinada a conviver com duas pessoas num só corpo.

Precisava aprender a dominar os seus poderes e não poderia fazê-lo estando na aldeia. Ele também temia que o ritual do despertar atraísse as forças do mal, se Astrid não estivesse preparada seria facilmente eliminada, por isso era muito importante estar perto dela.

Ian equacionou mudar-se para a aldeia, mas em caso de um ataque massivo não teria como defender-se sem que todos se apercebessem que não era um simples curandeiro, mas um poderoso mago.

-Mas mestre, o senhor vive sozinho, como posso deixar a minha Astrid aqui? - Argumentou Glen – Não que não tenha confiança em si, mas sabe como é, na aldeia todas as pessoas iriam comentar!

-Eu sei Glen! Mas é preciso encontrar uma solução, ou de outra forma Astrid voltará a ter problemas – Respondeu Ian.

-Pai, qual é o mal? O Mestre Ian só quer proteger-me e ajudar-me – Disse Astrid, que no seu mais íntimo pensamento estava exultante.

-Glen, eu acho que a solução é ter aqui alguém que acompanhe Astrid, a tua esposa ou alguém da família, não me importo de receber mais uma pessoa – Propôs Ian.

-Pai, falamos com a tia Enya, ela vive só, e com certeza poderá vir comigo – Lembrou-se Astrid, que a todo o custo queria ficar.

-É uma alternativa – Respondeu Glen – A minha irmã é viúva e está sem trabalho, tem disponibilidade para poder vir, mas antes terei de falar com a minha mulher e com ela – Disse Glen.

-Caso seja possível Glen, diz à tua irmã que estou disposto a pagar-lhe um salário – Propôs Ian - Pois se Astrid ficar será necessário alguém para cuidar da casa. Não será o mesmo que viver sozinho ou com mais pessoas, será preciso alguém que trate das refeições e da arrumação.

-Nesse caso teremos de voltar à aldeia para tratar dos detalhes – Disse Glen.

-Glen, eu sei que precisas conversar com a tua esposa e com a tua irmã, mas deixa-me dizer-te que a situação de Astrid é muito urgente! – Exclamou Ian - Não poderemos esperar muito mais tempo, hoje é Lua cheia e é fundamental que o que tenho de fazer seja feito hoje e depois o tratamento que lhe fiz vai perder efeito nos próximos dias e as crises vão voltar brevemente.

-Está certo Mestre! - Glen levantou-se – Se me permite vou ligar-lhe, falarei já com Brianna e pedir-lhe-ei que fale com a minha irmã, pois ela não tem telefone. Esta noite mesmo dará início ao tratamento de Astrid.

-Com certeza Glen – Respondeu Ian – Mas esta noite terão de ficar aqui, serão meus convidados, pois esta primeira sessão, que despoletará todo o processo, será demorada.

Glen assentiu com a cabeça e dirigindo-se para o corredor para falar mais à vontade. Astrid não cabia em si de alegria, parecia que o destino a havia juntado ao seu amado, quase que se atrevia a pensar que era magia esta oportunidade de estar com ele mais tempo.

Aproveitando a ausência de Glen, Ian falou com Astrid duma forma mais clara, explicando-lhe mais detalhes do processo e falando-lhe já de alguns pormenores do ritual que tinha preparado. Ele sentiu a excitação da jovem à medida que lhe contava sobre as forças que envolviam estes rituais e de como ele também já tinha vivenciado algo muito parecido ao que ela estava a passar.

Era já noite escura quando Glen terminou a conversa com a mulher, Ian já tinha ido para a cozinha fazer algo para comerem e Astrid passeava-se pela sala enorme, perscrutando cada detalhe. Ela ficou fascinada com tudo o que aconteceu e estava a ter um dos melhores dias da sua vida.

Ian só compreendeu a dimensão da palavra "escolhido" depois de ter seguido Ataegina naquela tarde do primeiro dia de Primavera. Entrou com ela na floresta, seguindo a curiosidade de quem é jovem e não mede as consequências dos seus actos. Quando despertou do ritual, estava rodeado de pessoas, uma multidão olhava-o, como que querendo perceber se estava vivo ou morto. Levantou-se e de imediato sentiu a cabeça a andar à roda, teve de deitar-se. Escutou uma voz familiar, era Ataegina:

-Calma jovem Ian, tens de levantar-te devagar, a tua mente ainda está um pouco mareada, mas em breve vai passar.

-Quem são todas estas pessoas? - Questionou Ian.

A Deusa explicou-lhe que a partir daquele momento, ele iria conseguir ver seres que, normalmente, um ser humano não consegue sequer vislumbrar, porque está limitado apenas à dimensão onde habita o corpo. Mas para Ian, as portas inter-dimensionais estavam abertas, então ele tinha a percepção aumentada e podia ver, sentir e interagir com seres de várias dimensões, podia inclusivamente transportar o seu corpo entre elas.

Ian ficou atónito, olhou em redor e começou a perceber que não eram pessoas normais, havia ali seres de todo o tipo, homem alados, mulheres com asas de borboletas nas costas, outras com pele escamosa como a dos peixes, parecia ter entrado num conto de fadas. Também conseguia perceber que havia animais estranhos, alguns pareciam misturas de dois animais diferentes, outros gigantes monstruosos, era estranho ver todo este mundo de diferentes criaturas.

Nessa tarde, Ataegina e outros deuses disseram a Ian como seria viver com estas capacidades e explicaram-lhe que não podia contar a ninguém o que tinha sucedido pois correria perigo, as pessoas não entenderiam e considerá-lo-ia louco, por isso, este era um segredo que nunca mais podia revelar. Teria de voltar com frequência à floresta, para aprender a utilizar os seus poderes, para conhecer toda uma nova concepção de vida que até então lhe era desconhecida. Ataegina seria a sua mentora, e segui-lo-ia sempre, tratando de o proteger e de o ajudar a lidar com esta nova vida que agora encarnava. Os deuses deram-lhe o nome de Amairgin, o druida, e todos o ficaram a conhecer como o escolhido entre os mortais.

Depois de jantarem, Ian pediu a Glen que ficasse na sala e recomendou-lhe que, acontecesse o que acontecesse, não saísse da sala até eles voltarem. Glen acatou as instruções de Ian com alguma apreensão e sentou-se no sofá, enquanto via a filha sair atrás do Mestre curandeiro.

Ian e Astrid dirigiram-se à cave. A jovem viu pela primeira vez o laboratório de Ian.

-Mestre, é aqui que trabalha? - Perguntou Astrid maravilhada com o espaço cheio de livros antigos, tubos de ensaio e frascos.

-É sim, aqui desenvolvo os meus trabalhos e faço as minhas investigações – Respondeu Ian dirigindo-se para a prateleira que escondia a passagem secreta.

Quando a passagem foi revelada Astrid assustou-se e deu um passo atrás, questionando:

-Onde vamos Mestre?
Nesse momento Ian virou-se e disse-lhe – Astrid, apesar de já termos falado sobre o processo que vais passar, preciso detalhar mais algumas coisas - Ele pediu-lhe que se sentasse e prosseguiu – Eu não sou apenas um curandeiro, e tu não és uma pessoa comum.

Ian contou-lhe então a sua história, como se tornou druida, e no seguimento da conversa também lhe disse o porquê dos problemas que ela tinha e como este ritual que iam fazer a ajudaria e lhe proporcionaria uma nova vida.
A jovem nem queria acreditar nas palavras do druida, sempre sonhara com mundos de encantar, fantasia e magia, e agora estava prestes a entrar no mundo dos seus sonhos. Mas a euforia de Astrid não durou muito tempo pois Ian avisou-a que

as forças que tentaram destruí-la não estavam derrotadas, voltariam a tentar destruir a feiticeira que habitava o corpo dela, e que por isso ela precisava aprender a defender-se, e mesmo durante o momento do despertar havia perigos enormes que ele, com a ajuda da sua mentora e dos anjos iria tentar evitar.

-Posso morrer Mestre? - Disse-lhe muito assustada.

-O lugar onde este ritual vai acontecer é sagrado, um templo construído há séculos pelos povos que habitaram esta terra – Disse-lhe Ian – Ali em baixo, as energias são puras e vais sentir protecção – fez uma pausa e prosseguiu - No entanto seria falso se te dissesse que não corres perigo de vida, mas, estaremos ao teu lado para te proteger e a minha vida será tua se for preciso.

Naquele instante o silêncio instalou-se e, após uns breves instantes, desceram pela espiral de pedra. Ao entrarem na gruta o druida pediu a Astrid que seguisse e fizesse todos os gestos que ele fazia. Ian benzeu-se e dirigiu-se para o altar. O templo estava pouco iluminado, apenas a luz da Lua entrava pela abertura do tecto e algumas velas no chão, acesas pelo druida antes deles chegarem, iluminavam o lugar.

Astrid olhava boquiaberta para todos os lados, enquanto tentava seguir o druida, que lugar místico era aquele, os relevos imensos nas paredes, o perfume de incenso que pairava no ar, um sabor de terra e lavanda, com leves traços de jasmim. A abertura que deixava entrar a luz branca como um raio que se precipitava até ao chão da gruta. Em redor do altar viu um circulo imenso desenhado no chão com figuras estranhas, pareciam hieróglifos, Ian evitava pisá-los, eram brancos sobre o fundo negro da rocha.

Sobre o altar estavam uma grinalda de flores e uma flauta, o druida parou em frente e virou-se para ela dizendo:

-Astrid, vou-te pedir que coloques esta coroa de flores na tua cabeça, ela foi feita com um entrançado especial que contem elementos da Mãe Natureza, entre eles, folhas de carvalho e alecrim que colhi esta manhã dos campos em redor – Explicou Ian – Ela representa a presença divina e será como que uma protecção para a tua mente, uma auréola que evitará que outras energia fluam para dentro de ti. - Prosseguiu – Vou ajudar-te a deitares-te sobre o altar, quero que permaneças calma e que feches os olhos.

-Sim Mestre – Retorquiu, colocando a coroa na cabeça.

Ele guardou a flauta no bolso, olhou para a jovem que estava imaculada naquele vestido branco, com aquela grinalda parecia uma rainha, parou por uns instantes para registar na memória aquela visão da pura e singela beleza. Pegou-a ao colo e gentilmente depositou-a no altar.

-Não te assustes – Disse-lhe – Vais ouvir a minha voz, mas esta parecer-te-á estranha, e numa língua que não conheces.

-Mas não vai afastar-se de mim pois não? - Perguntou-lhe.

-Estarei do lado de fora do círculo, bem próximo de ti – Respondeu Ian – Haverá outras pessoas, que virão para proteger e ajudar o teu despertar – Fez uma pausa - Astrid?

-Sim Mestre – Respondeu com a voz trémula.

-Aconteça o que acontecer, não te levantes deste altar, ele é a tua maior protecção, é como um ventre onde és embrião – Disse-lhe o druida.

-Assim farei Mestre – Respondeu-lhe a jovem – Mestre?

-Diz Astrid.

-Quero dizer-lhe algo, pode aproximar-se?

Ian chegou perto do rosto de Astrid e ela, num movimento rápido, beijou-lhe os lábios. O druida sentiu um arrepio no corpo e ficou surpreendido.

-Desculpe Mestre – Disse-lhe a jovem – Não queria morrer sem beijá-lo.

O druida segurou-lhe na mão, em voz baixa pronunciou umas palavras que Astrid não entendeu, de seguida sentiu um formigueiro na ponta dos dedos, que aos poucos se espalhou pelo corpo, deixando-lhe uma sensação de sonolência, adormeceu.

À medida que Ian crescia, com ele cresciam os poderes, dentro dele o druida Amairgin ganhava força. As visitas a Judoc começaram a espaçar-se, muitas vezes Ian mentia à mãe dizendo que ia visitar o velho druida, mas em vez disso ia para a floresta aprender com Ataegina as artes da alquimia, da magia e do druidismo. Judoc percebeu que algo em Ian estava diferente, sentiu que já não era apenas o jovem rapaz que o visitava e um dia, usando da sua sagacidade, ludibriou Ian ao fazê-lo desenvolver um experimento para o qual não estava preparado, se não conhecesse as leis dos druidas não seria capaz de executar a experiência sem fazer a cabana de Judoc ir pelos ares.

-Já está Mestre – Disse-lhe Ian.

-Pois é meu caro jovem – Respondeu-lhe Judoc – Como foste capaz de realizar este processo se não te tinha ainda ensinado a purificação dos minerais?

Ian estremeceu, percebeu naquele instante que tinha sido apanhado em flagrante, quem lhe havia ensinado o procedimento tinha sido um dos discípulos de Ataegina, na floresta. Começou a gaguejar.

-Mestre eu...

-Pára Ian – Ordenou Judoc – Eu sei que algo está a acontecer, que não és mais o jovem aprendiz que vinha para aprender a tratar da mãe.

Sentaram-se e tiveram uma longa conversa, onde Ian foi obrigado, porque era um jovem honrado, a conta-lhe, mesmo contra as ordens que lhe haviam dado, aquilo que tinha acontecido. Judoc estava fascinado por saber que Ian era um dos "escolhidos", ele melhor do que ninguém entendia a importância dessa tarefa, e ele, melhor que qualquer outra pessoa saberia guardar a descrição necessária, pois o seu código de conduta não lhe permitiria expor outros colega, muito menos um "escolhido".

-Face ao exposto, jovem Ian – Disse o druida – Não faz sentido frequentares as minhas aulas, uma vez que os teus mestres são muito mais poderosos que eu.

-Mas Mestre...

-Não me trates por Mestre – disse Judoc – Eu é que devo reverenciar-te.

António Almas

-Mas a minha mãe assim vai ficar a saber – Disse Ian cheio de medo que a notícia se espalhasse pelas redondezas e o pudessem considerar louco.

-Não te preocupes – Acalmou-o Judoc – És sempre bem-vindo a minha casa, terei muito gosto em conversar contigo, com certeza que terei muito a aprender com todos os teus conhecimentos, por isso Mestre Amairgin, não tendes com o que te preocupar, o teu segredo está muito bem guardado.

Nessa noite Ian quase não dormiu, a ansiedade de voltar à floresta para dar conta do que se tinha passado deixava-o inquieto, será que a sua Deusa o ia punir por ter falado.

Ao amanhecer, tratou de não dar nas vistas, ajudou a mãe nas tarefas domesticas e assim que pode, desculpou-se com Judoc para poder sair.

Correu em direcção à orla da floresta, seguiu pelo trilho de sempre, até à clareira circular, era ali que sempre que lhe era possível, aprendia com Ataegina e os seus súbditos as diversas artes, onde desenvolvia alguns dos poderes. Apressou-se a tirar a flauta do bolso e a soprar delicadamente

.

O som da flauta ecoou na gruta, e uma brisa entrou pela abertura da abóbada e desceu como névoa até se fazer mulher esbelta.

-Olá Amairgin – Falou docemente Ataegina

-Minha Deusa – Respondeu Ian com uma vénia – Tudo está preparado para desencadear o ritual, apenas faltava a tua presença.

-Comecemos então – Ordenou a Deusa.

Ataegina colocou-se a norte do circulo e Ian a sul, este começou por proferir a prece inicial, após a qual da abertura superior desceram 24 pequenos pirilampos, rodando em círculos que foram pousar no peito de Astrid. A Deusa começa a balbuciar umas preces ininteligíveis e a luz da Lua que entrava obliquamente na gruta começa a deslizar em direcção a Astrid que permanece semi-adormecida sobre o altar. À medida que o reflexo da Lua subia pelo corpo da jovem, o santuário começava a brilhar como se nas paredes tivessem incrustados diamantes que reflectiam em todas as direcções pequenos raios de luz. Das mãos de Ataegina desprendeu-se uma pequena bola de água que vagueou até Astrid e se derramou no seu ventre. Depois Ian colocou as mãos em concha, e proferindo num tom melodioso uma antiga frase em gaélico fez surgir uma chama, que em pequenas espirais de fogo voou para a jovem deitada no altar e desceu sobre a sua testa, os seus olhos abriram-se numa cor alaranjada e os seus cabelos acobreados eram agora chamas incandescentes. Atagenina e Ian deslocam-se em redor do circulo ocupando agora as posições este e oeste, estendem os braços um para o outro e uma corrente imensa de ar forma um turbilhão sobre o altar no exacto momento em que o clarão da Lua incide sobre o ventre de Astrid. As mãos da jovem elevam-se e absorvem o vendaval.

O druida e a Deusa, baixam-se em sincronismo e do chão da caverna apanham um punhado de terra, estenderam o braço direito e sopraram, uma nuvem de pó pairou no ar sobre o corpo de Astrid que voltava a baixar os braços e ficar inerte. A nuvem condensou-se num grão de pó, pequeno e cintilante que se foi depositar aos pés da jovem. Amairgin e a Deusa estenderam os braços para o céu e ambos começaram a declamar o que parecia uma poesia, numa língua desconhecida, caminhando no sentido dos ponteiros do relógio em redor do círculo, pela abertura da cúpula entrou uma nuvem composta de centenas de borboletas de asas brancas que desceram em espiral até pousar cobrindo todo o corpo da jovem Astrid, deixando apenas o circulo formado pelos pirilampos descoberto. O brilho do luar já estava sobre o rosto da jovem quando se sentiu a terra tremer, do tecto da caverna desprenderam-se pequenas pedras, Ian sobressaltou-se, algo estava a correr mal. Olhou para sua Deusa, e disse-lhe:

-Precisamos de mais protecção – Gritou-lhe em desespero – Vamos ser atacados pelas forças do mal.

Ataegina virou-se para as paredes da gruta e começou a invocar os nomes dos arcanjos. O reflexo das paredes do santuário desapareceu no exacto momento em que a Lua se apagou e a entrada da gruta se fechou. Um turbilhão de pó negro, como se fosse uma sombra começou a rodopiar no chão no lado sul e diversas formas escuras começaram a formar-se do nada. Ian correu até junto duma pequena elevação e meteu a mão num buraco de onde retirou um bastão com uma pedra incrustada na ponta. Quando a deusa terminou de dizer os nomes as imagens dos arcanjos estremeceram e de repente fez-se um silêncio medonho.

Depois de beijar Ian, Astrid caiu numa profunda sonolência, o corpo dormente não respondia, tentava mexer a cabeça e não conseguia. Subitamente foi como que sugada para um túnel de luz, acordando num jardim cheio de flores de todas as cores. Conseguia mexer-se, estava de pé, ao longe uma imensa montanha coroada de neve branca, a natureza manifestava-se em sons bucólicos, atrás dela um oráculo de colunatas brancas ligadas por traves preenchidas por uma trepadeira com flores rosas que pendiam em cachos. Um banco de jardim convidava a jovem a sentar-se. Pela encosta verdejante subia um homem com uma túnica branca. Astrid sentou-se e ficou à espera que ele chegasse até ela, parecia que já o conhecia.

-Olá Astrid – Disse-lhe.

-Olá, quem és tu? Parece que te conheço. - Disse-lhe a imaculada jovem levantando-se.

-O meu nome é Samael, e sou o anjo da primeira hora do dia, junto com os meus irmãos estamos aqui para te proteger. - Respondeu-lhe o anjo.

-Mas só te vejo a ti! - Exclamou Astrid.

-Mas estamos todos aqui – Disse.

E subitamente detrás dele começaram a surgir outras pessoas. Parecia que Samael se desmultiplicava. Há frente da jovem havia agora 24 pessoas que o anjo lhe apresentou, cada um deles era um anjo e tinha como objectivo proteger uma determinada hora do dia e da noite. Eles tinham vindo ajudar Ian no acordar da jovem. Cada um dos anjos avançou para Astrid, ajoelhou uma das pernas e tocou-lhe na mão direita. De cada vez que lhe tocavam Astrid sentia uma energia fluir-lhe pelo braço como se levasse um choque eléctrico, mas não era doloroso, era uma sensação agradável, como se ganhasse confiança. A cada toque diziam o nome, como se cada nome fosse uma prece, e prosseguiam, até ao último que se baixou e disse:

-Sou Sarandiel, o anjo da última hora da noite, que o divino Criador te proteja.

A jovem fez uma vénia a todos e agradeceu-lhes a ajuda. Mas não resistiu em fazer-lhes uma pergunta:

-Sois anjos mas, não vos vejo asas, como é isso possível?

Banyniel, o sétimo anjo do dia disse-lhe:

—As nossas asas não são visíveis aos teus olhos porque ainda não foste desperta. Depois do ritual que se está a realizar, poderás ver-nos na plenitude, neste momento apenas nos vez à imagem e semelhança dos teus pares.

Num abrir e fechar os vinte e três anjos desapareceram e ficou apenas Samael que se colocou atrás de Astrid, quando a jovem se preparava para voltar a questionar o anjo, uma nuvem branca desceu dos céus e envolveu-a como se a abraçasse. Não conseguia ver nada à sua frente, mas sentiu uma sensação de humidade espalhar-se pelo ventre e um calor intenso na cara, como se o rosto lhe ardesse. Nas mãos parecia ter novelos de vento que rodopiavam em redor dos dedos e sentiu a terra tremer-lhe debaixo dos pés. Aflita gritou por Samael. Começou a ouvir vozes, em línguas desconhecidas, falavam baixo, murmurando, como se rezassem, vinham de todos os lados em seu redor, parecia que estavam ali encostadas a ela, mas não via ninguém, apenas aquele manto branco de nuvens que a ofuscava. Voltou a chamar Samael, mas não ouvia a sua voz. A sua cabeça fervilhava como se estivesse a perceber as vozes sem entender uma palavra, sentia que a sua memória absorvia o que se dizia como se soubesse falar essas línguas estranhas. Quase não suportava o ruído que ia subindo de tom, até que de repente ficou escuro, um trovão calou todas as vozes e Astrid ficou envolta no vazio, na escuridão.

As paredes da gruta estalaram como se toda a estrutura fosse colapsar. As estátuas dos arcanjos abriram fendas por onde saíam raios de luz branca. Ouviram-se pedras em derrocada. Ataegina continuava, no meio de todo o ruído, de costas para o altar, a pronunciar palavras à medida que elevava os braços no ar. Ian, correu para o altar, posicionando-se na parte de fora do circulo virado para Sul, com o bastão na mão direita a apontar para um grupo de estranhos seres negros que preenchiam toda aquela parte da gruta.

Quando as criaturas se preparavam para avançar sobre o druida, algumas foram esmagadas pelos pés do Arcanjo Gabriel que se tinha libertado do enorme nicho e avançava agora pesadamente para o altar. Os restantes arcanjos saíram igualmente dos nichos ganhando vida, com as espadas nas mãos e as asas recolhidas para se colocarem sobre os seis pequenos círculos em redor do altar onde Astrid estava deitada, protegida pelas asas das borboletas que a vestiam como se estivesse dentro dum sarcófago. Simiel, o sétimo arcanjo elevou-se em direcção ao topo da gruta, onde um emaranhado de morcegos gigantes se entrelaçava para bloquear a entrada da luz da Lua, com a finalidade de impedir o final do ritual.

Com a mão esquerda em forma de concha Ian, invocou o druida e transfigurou-se, transformando-se num velho homem de barba branca e longa, com uma túnica de linho, os seus olhos eram azuis turquesa e sobre a sua mão esquerda pairava uma bola de fogo dum azul cintilante, o bastão que segurava na mão direita começou a vibrar e a sua ponta ficou verde fluorescente, antes de soltar um estrondo e dispersar raios esverdeados em tons de esmeralda sobre aqueles seres aberrantes que avançavam para o altar, desfazendo mais de uma dezena em pó. De seguida, estendeu a mão esquerda e o fogo azul avançou como uma avalanche sobre as criaturas estilhaçando mais outras tantas.

Ataegina, passou por entre os arcanjos que já protegiam o altar e chamou Amairgin, que entrou no circulo pousando o bastão. Cada um do seu lado do altar, deram as mãos em cruz sobre o corpo de Astrid. Os seis arcanjos defendiam a posição com as suas enormes espadas, destruindo criaturas em cada golpe, estavam cercados por todos os lados, a gruta estava cheia daquelas sombras que nasciam do pó e se desfaziam em pó em cada investida. Na cúpula Simiel, com as suas imensas asas esticadas, lutava afincadamente contras os morcegos que resistiam e não deixavam penetrar nem um singelo raio de luar. Entretanto o manto de borboletas que protegia o corpo da jovem parecia começar a escurecer e a morrer, algo dentro de Astrid estava também a avançar e a tentar destruí-la.

Amairgin olhou profundamente nos olhos da sua Deusa, e ambos começaram falar, numa forma de canção, um som baixo, melodioso, no meio daquela algazarra, o circulo desenhado no chão começou a brilhar. Aos poucos as vozes de ambos elevavam-se e a melodia superava agora já os golpes de espadas e os guinchos das criaturas. A luz que emanava do circulo era já uma espécie de escudo brilhante que se interpunha entre os arcanjos que continuava a digladiar-se com os seres das trevas. Os que tentava alcançar os arcanjos desfaziam-se ao tocar a luz. Um cilindro imenso de raios brancos subiu ao ritmo da melodia até ao tecto da gruta criando uma gigantesca coluna de luz com todos os arcanjos dentro.

Ao tocar o topo da gruta o cilindro fechou-se num cone e com um estrondo imenso abriu-se como uma flor, fazendo as paredes iluminar-se à medida que descia em direcção ao solo iluminando todo o espaço como se fosse de dia.

Pairava no vazio negro, não existia nada, depois daquela imensa explosão.

-Samael? - Chamava.

Não havia respostas, apenas o eco se propagava infinitamente pelo espaço. Astrid começou a tremer, o medo começava a apoderar-se dela quando de repente, uma força estranha a puxou para um túnel cheio de luzes coloridas, parecia viajar a uma velocidade imensa, suspensa no ar, por aquele túnel que parecia não ter fim.

-Ian? - Gritou Astrid!

Já desesperava quando começou a ver uma luz esverdeada ao fundo. A luz era o reflexo duma frondosa floresta, quando saiu daquele lugar estreito pairava sobre uma clareira. Com suavidade da brisa, a força que a transportava, pousou-a no centro.

Era um lugar fabuloso, rodeado de árvores altas cuja copa descia até roçar o chão, não via o Sol mas havia luminosidade por todos os lados, como se a própria floresta irradiasse luz. Na clareira a erva era pouco mais alta que os seus pés que estavam descalços. Ao olhar-se viu que não estava com o vestido com que fora hoje à casa de Ian, mas com uma túnica translúcida que deixava ver os contornos do seu corpo desnudo. Tentou cobrir-se envergonhada, mas uma voz de mulher assustou-a:

-Olá Astrid! - Exclamou a voz.

-Quem és tu? - Perguntou-lhe a jovem – Como sabes o meu nome?

-Não te assustes, venho em Paz. - Respondeu aquela voz melodiosa.

Astrid olhava para todos os lados mas não conseguia ver ninguém, até que por entre os ramos que tocavam o chão se abriu uma passagem e uma mulher caminhou em direcção a ela.

-Eu sou o motivo pelo qual tens padecido estes anos todos – Disse-lhe.

Quando a luz tocou as criaturas hediondas que atacavam ferozmente os arcanjos, estas desfizeram-se em pó negro, cobrindo todo o chão do templo, os morcegos que tapavam a abertura, precipitaram-se para dentro da gruta e num guincho aterrorizante dissiparam-se em fumo negro sobre o pequeno exército que protegia o corpo de Astrid, coberto de borboletas, que voltaram a ter o brilho inicial, como se renascessem das cinzas. A luz extinguiu-se e com ela a batalha terminou.

Amairgin inspirou profundamente e desviou o olhar de Ataegina para verificar se Astrid estava bem silenciando-se ambos. O druida pegou no bastão e retomou o aspecto dum homem mais jovem, ficando parado ao lado do altar a olhar a jovem.

A luz da Lua voltou a incidir sobre a cabeça da jovem Astrid e o fogo dos seus cabelos ateou-se de novo. O raio de luar seguiu o curso, passando-lhe sobre os olhos incandescentes.

Amairgin e Ataegina tocaram em simultâneo a testa da jovem, e dos seus dedos uma nuvem azul de luz envolveu o fogo dos cabelos de Astrid derramando-se até à pedra do altar e transformando as chamas num violeta intenso. Quando a Lua confluiu com as mãos do druida e da Deusa, o templo iluminou-se e as sombras dos arcanjos que se mantinham em redor do altar projectavam-se nas paredes. As borboletas e os pirilampos levantaram voo dispersando-se no ar. Simiel desceu e com o agitar das suas asas dissipou todas as poeiras negras da batalha. Tudo, num instante, ganhou vida.

As criaturas das diversas dimensões vieram para se reunir em redor do altar e um perfume de jasmim pairou na atmosfera daquele lugar sagrado.

António Almas

A mulher avançava, estava vestida de branco, numa túnica como aquela que Astrid tinha vestida, caminhava elegantemente, parando já perto dela:

-Durante o ritual do despertar o local onde está o teu corpo foi atacado pelas forças do mal – Disse-lhe a mulher – Com a ajuda dos 24 anjos trouxemos-te para esta dimensão através dum portal cósmico.

-E o mestre Ian, onde está ele? - Perguntou aflita Astrid.

-Ian? Esse é o nome de Amairgin agora? - Perguntou-lhe a estranha.

-Sim, é assim que conheço o mestre, embora ele me tenha contado que era um druida que o chamavam de Amairgin, pouco antes de entrarmos na gruta – Respondeu-lhe a jovem
-Mas ele está bem? - Insistiu.
-Não te preocupes com... Ian, ele está bem! - Disse a mulher.

Já menos nervosa, Astrid começou a repara que a mulher à sua frente estava lentamente a mudar de feições, parecia reconhecer aqueles traços. Que sensação tão estranha, aquele rosto estava a ficar... como o dela!

-O que está a acontecer? - Disse Astrid numa voz trémula
– O seu rosto está... igual ao meu, o seu cabelo... tudo! Meu Deus quem é você?

-Não tenhas medo Astrid, o meu nome é Aine, e tal como Ian é Amairgin, eu Astrid, sou tu! - Revelou-se Aine.

Os olhos da jovem quase lhe saiam das órbitas, a emoção foi tanta que desmaiou.

Todos esperavam ansiosamente um sinal de Astrid, que, com o final do ritual tinha fechado os olhos e permanecia adormecida. O enorme templo fervilhava de formas de vida nunca vistas pelos olhos da maioria dos seres humanos, Unicórnios, Centauros, Elfos e outras tribos do mundo da magia tinham enviado os seus representantes para darem as boas vindas ao mágico despertar. Foi assim com Amairgin há séculos atrás.

O druida aproximou-se do rosto da jovem que permanecia deitada sobre o altar. Soprou uma brisa e os olhos dela abriram-se:

-Olá Amairgin! - Não era a voz de Astrid, mas o druida conhecia aquela voz.

-Aine? - Perguntou-lhe.

-Sim sou eu – Respondeu a feiticeira– Ainda te recordas de mim?

-Como poderia esquecer-te? - Amaigin sentiu as lágrimas toldarem-lhe a visão. - Tu vives dentro de mim desde que partiste.

Ataegina esboçou um sorriso e todos os presentes suspiraram de alívio ao perceberem que o ritual tinha resultado e ao sentirem as energias que emanavam do corpo da feiticeira agora desperta.

Aine levantou-se com a ajuda do druida, ficou sentada olhando para o seu amado.

-Estou de regresso a ti meu amor – Disse para Amairgin – Todos estes séculos que nos mantiveram separados, conteios, esperando que um dia pudesse voltar para os teus braços.

-Depois de partires desliguei-me por completo das artes druidicas e da alquimia, deixei de lado o mundo sem tempo e decidi viver como um simples mortal – Explicou-lhe Amairgin – Fiquei de rastos minha doce feiticeira.

O druida segurou a mão de Aine e ajudou-a a descer do altar. Ataegina veio saudar a jovem mulher e os três avançaram para o meio da multidão, Amairgin rodeado das duas mulheres mais importantes da sua existência, a sua mentora e Deusa e o seu amor eterno.

Glen desesperava na sala. Há horas que estava de pé depois de ter passado a primeira hora sentado. Não aguentou e levantou-se quando sentiu o chão a tremer, assustou-se e ainda chamou pelo mestre, mas depois deixou-se ficar de pé. Ian tinha-o avisado de que o processo demoraria mas não pensou que demoraria tanto.

Será que Astrid está bem? Ele tinha confiança no curandeiro, mas ainda assim temia pela saúde frágil daquela menina.

Olhava para o relógio de pulso, enquanto divagava pela sala.

Tinha estado ao telefone com a mulher a quem pediu que fosse a casa de Enya para a convidar a trabalhar para o mestre Ian. Brianna ficou muito apreensiva por ir ficar sem a filha alguns dias, mas se era para o bem dela teria de concordar. Voltou a ligar-lhe mais tarde e ficou combinado que no dia seguinte de manhã um taxi viria trazer Enya, que achou formidável ter um trabalho. Assim ficaria mais descansado na aldeia e no fim de semana viriam visitar Astrid ao casarão.

Finalmente ouviu vozes e fixou o olhar na porta. Astrid vinha à frente, seguida por Ian, trazia um sorriso no rosto, o que descansou Glen:

-Filha porque demoraram tanto? - Perguntou-lhe.

Ian apressou-se a responder, pois não queria que a jovem, ainda mareada do processo, pudesse falar algo que não devesse:

-Está tudo bem Glen, o processo decorreu como o previsto – Respondeu Ian – Mas Astrid agora precisa descansar, pois foram muitas horas de hipnose e isso consome muitas energias.

-Está tudo bem pai – Disse Astrid – Só tenho fome e sono.

-Vou preparar algo - Disse o druida - Depois vamos todos deitar-nos, pois o dia foi longo e amanhã temos de voltar ao tratamento Astrid.

Ian dirigiu-se à cozinha, pedindo à jovem que o ajudasse. Regressaram com um tabuleiro com algumas bolachas, mel e leite morno. Depois de todos comerem algo, subiram aos quartos para descansar.

O jovem Ian, esperava que surgisse a sua Deusa, depois de tê-la chamado com a flauta, mas isso não aconteceu. Pensou, "Está zangada comigo porque contei ao meu mestre sobre o segredo proibido". Voltou a soprar na flauta e nada. Deitou-se sobre a pedra onde tinha sido desperto, colocando a flauta sobre o peito e deixou-se ficar.

António Almas

De repente sentiu um arrepio de frio, como se uma brisa do norte o envolvesse, tentou levantar-se mas não conseguiu mover-se, os músculos não respondiam. Tentou gritar, mas não lhe saía voz, apavorado, começou a chorar, e escorreu-lhe uma lágrima pelo rosto.

Ouviu a voz da sua Deusa:

-Não temas jovem Ian – Falou-lhe Ataegina em tom calmo – Vou levar-te numa viajem ao inicio dos tempos.

-Mas eu vinha aqui para lhe contar que o meu mestre descobriu o segredo – Disse Ian sem mexer os lábios.

Assustou-se mais uma vez, como estava ele a falar se não mexia a boca, pensou!

-Estamos a falar através do pensamento, acalma-te, esta é mais umas das formas que tens de comunicar. Podes ouvir os pensamentos de outros e deixar que outros escutem os teus – Explicou-lhe a Deusa. - Quanto a Judoc, não te preocupes, ele faz parte do nosso exército – Tranquilizou-o.

-Que viajem é essa minha Deusa? - Questionou o jovem druida.

-Sabes Ian, quando seres mágicos como tu nascem em corpos humanos, no momento do nascimento começa um processo de esquecimento, a vida anterior que viveste noutro tempo é eliminada, para dar lugar a nova vida, e aos poucos, nos primeiros meses, é totalmente obliterada a memória ancestral – Explicava Ataegina – Contudo tu és uma alma importante, ancestral, que supostamente deveria viver tranquilamente entre os humanos, mas que, devido a diversas alterações cósmicas, mostrou-se necessário despertar.

-Mas esse processo não aconteceu já? - Perguntou-lhe Ian.

-Essa foi a primeira parte do processo, mas tu não és Ian, tu és outro ser, um poderoso druida e quero que a partir de agora comeces aos poucos a recordar-te da tua origem, de quem foste, do que viveste e sobretudo dos poderes que possuis – Continuava Ataegina – por isso descontai-te que vamos começar pela concepção do corpo onde vives, que conheces como Ian.

António Almas

O dia rasgava a noite com a claridade salmonada dos raios de Sol a refletir-se nas nuvens do horizonte quando Aine despertou no corpo de Astrid, ainda adormecida. O seu primeiro pensamento foi para o seu Amairgin, que não estava ali a seu lado, como em outras eras no passado. Recordou-se que ainda não podia soltar os seus desejos, pois esta jovem em que vivia ainda não podia ser completamente absorvida e fundida no seu espírito. Descobriu contudo que também Astrid amava Ian, o corpo onde vivia o seu amado druida, o que de certa forma facilitaria todo o processo.

Aine aproveitou a sonolência e a inexperiência daquele espírito novo para viajar sobre ele e aprender o que sabia e conhecia.

No outro quarto Amairgin, sentia mais do que nunca a sua feiticeira, estavam tão próximos que podiam sentir-se, como se os corpos estivessem colados. Podia ouvi-la, podiam usar a telepatia para se comunicar enquanto Ian usaria a verbalização para transformar Astrid e Aine numa só alma, como em tempos pode Ataegina fazer com Ian e Amairgin. Era um trabalho complexo, mas ele tinha todas as capacidades para fazê-lo, agora sentia-se mais forte, porque a cada derrota dos seus inimigos, absorvia energias, ganhava força e todo o seu espírito renascia e transbordava de força. Ainda mais com a sua amada ao alcance dum toque de corpos, tudo era possível, desejável e exequível.

Glen dormia no outro quarto, profundamente acomodado entre lençóis e edredons. Com um dia stressante como o anterior, caiu na cama e apagou-se por completo, sendo apenas acordado pelo ruído dum carro a parar e buzinar na frente da casa.

Ian já estava a pé, conseguia pressentir os carros a subir a ladeira, vestiu um robe e desceu para abrir a porta. Era Enya que chegava.

O jovem druida caiu num sono profundo após escutar as últimas palavras de Ataegina. Passou a ouvir a sua própria voz, como se contasse um conto.

"Neste instante, apenas o silêncio acompanha a singularidade do espaço. Percebo como este grão de que sou feito se agita, fervilhando na ânsia de se multiplicar em milhares de cópias dele próprio. Dissolvo-me, recrio-me e divido-me em espasmos temporais que se expandem neste mar amniótico onde nasço. Do nada, cresço em todas as direcções, numa

António Almas

explosão de vida. Mergulhado ainda na ausência de ruídos, ganho formas estranhas, como se uma matriz pré-concebida soubesse já de cor o puzzle de que sou construído.

Neste oceano, os sentidos vão despertando, aos poucos, sons ocos, reflexos toscos de um mundo esférico, quente e húmido, como abraço lânguido e maternal de quem me carrega no mais íntimo regaço do seu próprio corpo.

A luz rósea ilumina o lusco-fusco deste espaço onde a gravidade se suspende e pairo como pássaro sem asas, vagando na deriva dum destino previamente traçado.

Aguardo pelo tempo certo, amadureço como fruto em crescimento, esperando pela hora em que todo o meu corpo esteja construído e possa soltar amarras, qual navio em busca de novos mundos."

Ian pode aprender todo o processo de gestação humana, detalhes e genética do corpo, as suas fraquezas, e como ultrapassá-las. Aprendeu a curar e a reparar processos que apenas os deuses criadores de vida podiam saber.

Com a chegada de Enya, Glen regressou à aldeia e Ian e Astrid podiam dar continuidade ao intrincado processo de fusão dos espíritos da jovem com Aine, a sua amada feiticeira.

Depois de acomodar Enya e de acertar com ela os detalhes do seu trabalho na casa (o druida foi muito cuidadoso a explicar à sua nova empregada que na cave não deveria entrar) Ian desceu sozinho até ao laboratório para ir buscar a sua bolsa de pano, ele quer estabelecer uma primeira ponte entre Astrid e Aine através da cura, e que melhor cenário para esta conexão cósmica entre a jovem e feiticeira, que a floresta?

Depois de Astrid descer e comer, Ian convidou-a para um passeio à beira do lago. Apesar das nuvens da manhã, o Sol estava quente e conseguiu romper por entre elas, estando resplandecente no meio do azul do céu, saíram pela traseira da casa em direcção a uma vereda que seguia mesmo rente à água.

-Bom Astrid, há imensas coisas por explicar, depois do que vivenciaste ontem – Disse-lhe Ian.

-É verdade mestre – Respondeu Astrid – Sinto-me algo confusa, na minha mente pairam imagens que não compreendo. Parece que aquele momento que passámos ontem na gruta sagrada me transportou para um sonho que se transformou em pesadelo.

António Almas

-É verdade Astrid – Explicou-lhe o druida – Aquilo que te aconteceu ontem foi apenas um vislumbre de todas as coisas que vais ver e conhecer daqui para a frente. Dentro de ti há um espírito maior com o qual tens de aprender a viver. Não és mais a frágil jovem que aqui chegou desmaiada nos braços do pai, agora, dentro de ti habita uma poderosa alma que conhece como ninguém os poderes dos universos e o meu trabalho é fazer com que tu, Astrid, e essa poderosa alma chamada Aine, se fundam numa só e partilhem de toda essa energia e força.

-Aine – Surpreendeu-se Astrid – Esse era o nome da moça que veio falar comigo... Ela transformou o seu rosto no meu... Eu fiquei assustada. Mestre ela disse que era eu, como é que isso é possível?

-Calma Astrid – Ian colocou-lhe a mão sobre o ombro e a jovem sentiu instantaneamente um fluxo de energia tranquilizante – O mundo não se resume ao que os olhos vêm, os ouvidos escutam e os dedos tocam. Há muitos mais mundos, universos e dimensões, onde habitam outros seres, onde vivemos diferentes sensações. De hoje em diante, eu serei o teu guia, ensinar-te-ei a forma como podes evocar e controlar tudo o que guardas dentro, e Aine, essa alma que te habita, essa outra mulher que és tu, vai fazer o mesmo. De dentro de ti vai fazer surgir uma nova visão do espaço e do tempo, e, em dado momento tu e ela serão apenas uma.

-Mas... - Ia questionar Astrid quando Ian lhe tocou com o indicador nos lábios.

-Sei que tens imensas questões, dúvidas e medos, só te peço que confies em mim como até aqui, deixa-me conduzir-te por estes lugares, há coisas que não têm uma resposta concreta, como essa que ías formular – Prosseguiu o druida – Não te posso responder porque foste escolhida, como também não obtive essa resposta para mim quando também eu fui escolhido, mas posso responder-te ao que estás a pensar. Sim eu escuto os teus pensamentos, e posso falar contigo sem mexer os lábios, como agora – Ian deixou de mexer a boca e continuou perante uma Astrid vermelha de vergonha e pasmada – É como te digo querida Astrid, há muito mais para lá daquilo que se vê e tu vais ter acesso a todo esse mundo maravilhoso de sensações emoções e poderes mágicos.

António Almas

A vereda adentrava-se na floresta conduzindo-os ao manancial de plantas e ervas que serviriam para a primeira aula sobre a cura.

O jovem Ian voltou inúmeras vezes à floresta, deixando que Ataegina o preparasse para ser o druida Amairgin. A cada sessão Ian era cada vez mais não apenas aquele miúdo que gostava de brincar com espadas de madeira, mas, aquele jovem sábio que amadurecia com o conhecimento que descobria nestas viagens que a sua Deusa lhe proporcionava. Um dia ao chegar à floresta e depois de chamar com a flauta, em vez de lhe aparecer a sua mentora, surgiu um homem estranho. Tinha olhos rasgados, a pele pálida, rosto plano e estatura pequena, parecia de outra raça, Ian nunca tinha visto ninguém assim. Estava vestido com umas roupas largas, uma espécie de túnica coberta por duas tiras que contornavam o pescoço e desciam até aos pés, tinha duas espadas à cintura, mas não eram como as que o pai do jovem fabricava para os senhores, tinham um cabo mais longo e onde o punho se unia com a lâmina em vez de formarem uma cruz, tinham um circulo metálico.

-Quem és tu? - Perguntou-lhe Ian.

-Shinmen Musashi No Kami Fujiwara No Genshin, mas normalmente chamam-me Miyamoto Musashi, guerreiro samurai - Respondeu o homem num sotaque algo estranho.

-Onde está a Deusa? - Questionou o jovem.

-Fui enviado para te ensinar a arte Niten Ichi Ryu – Não respondendo a Ian, que ficou espantado com a resposta.
-Que arte é essa? - Perguntou intrigado o jovem druida.

-É uma arte de combate com duas espadas desenvolvida por mim – Respondeu-lhe o guerreiro samurai fazendo surgir nas mãos duas espadas iguais às que tinha à cintura e estendendo-as a Ian que deu um passo para trás – Não tenhas medo jovem druida, não vou magoar-te, apenas ensinar-te.

Essa tarde foi memorável para o jovem, filho de ferreiro, famoso construtor de espadas, aprendeu a usar as espadas com um samurai enviado por Ataegina, e não aprendeu a lutar apenas com uma espada mas com duas. Ian voltou radiante a casa nesse final de tarde, teve dificuldade em esconder a alegria que sentia, e a vontade de contar ao pai que sabia manejar uma espada.

O tempo junto de Aine voava, e era já lusco-fusco quando Ian e Astrid regressaram a casa. Tinha colhido diversas ervas e folhas de plantas, bem como algumas cascas de árvores. A cada pequena descoberta o druida explicava a Astrid as diversas propriedades do espécime que estavam a colher. Inicialmente a jovem ficava surpresa, mas depois, como que do nada, começava a acrescentar informações às de Ian e demonstrava ter em si o conhecimento, era Aine a revelar-se no seu corpo, e a comandar de dentro os ensinamentos. Quando chegaram Enya já estava preocupada:

-Astrid, por onde andaste? - Questionou.

-Não esteja preocupada Enya, estive a mostrar à sua sobrinha algumas das ervas e plantas com que faço os meus chás, estivemos numa pequena aula – Respondeu Ian.

-Sabe, é que o meu irmão pediu-me que cuidasse dela e já estava preocupada pela vossa ausência prolongada – Disse Enya, algo embaraçada por estar a questionar de certa forma as decisões de Ian.

-Não tenha problemas, a sua sobrinha está sempre protegida na minha presença – Respondeu-lhe o druida.

O jantar já estava pronto e sentaram-se todos na mesa da cozinha para comerem. Durante a refeição a jovem empolgada com os acontecimentos continuava a querer partilhar com Ian todos os momentos que estiveram juntos na floresta e questionava-o ao mesmo tempo que partilhava algumas das informações que Aine lhe "soprava ao ouvido".

Depois de jantar o druida desceu ao seu laboratório para deixar a bolsa de pano e trazer um livro para emprestar a Astrid como leitura de cabeceira.

A jovem aguardava na sala, e quando ele entrou levantou-se rápidamente:

-Não precisas levantar-te Astrid, faz como se estivesses em tua casa, afinal vais passar aqui algum tempo, não faz sentido cerimónias entre nós – Chamou-lhe Ian à atenção.

-Está bem mestre – Disse sorrindo – É a força do hábito.

-Trouxe-te este livro para leres todos os dias um pouco quando fores para a cama, chama-se Saddharma-Pundarika e fala sobre a meditação e o budismo, entre nós é conhecido pelo nome de "O Lótus Branco da Verdadeira Lei", ele vai ajudar-te a balancear as forças dentro de ti. Não é apenas um livro de ensinamentos, é também uma filosofia de vida – Explicou-lhe o druida.

-Mas mestre eu sou católica, não sou budista, não deveria ler a Bíblia sagrada em vez deste livro duma religião diferente da minha? - Questionou.

-Sabes Astrid – Reflectiu Ian – As religiões são baseadas em crenças que no fundo partem todas duma mesma origem, digamos que cada uma delas tem um ponto de vista diverso sobre a mesma coisa. Não podemos limitarmos a conhecer apenas aquilo que nos é ensinado, devemos ter curiosidade de aprender com tudo o que nos rodeia, para podermos daí extrair a essência. Por isso nunca negues aprender, o conhecimento fará de ti uma pessoa sábia, e a sabedoria será uma importante ferramenta para a tua vida daqui para a frente. A Bíblia também tem ensinamentos importantes, mas isso não faz com que se esgotem aí todos eles, necessitamos ouvir outras opiniões e conhecer outros mundos, outros lugares, onde aquilo que nos parece ser, não é exactamente igual ao que já vivenciámos. Experimenta a ler este livro, aprende com ele e verás uma perspectiva diferente, mas igualmente válida, não apenas da religiosidade, mas da vida e das forças que a regem.

-Está bem mestre – Estendeu as mãos para receber o livro e sentou-se.

Ian pediu licença para se ausentar quando Enya acabou as suas tarefas, deixando as duas senhoras no piso térreo e saindo para o laboratório.
Desceu as escadas e foi até à estante que abria a porta para a gruta, fazendo-a deslizar, desceu apressadamente até ao templo. Precisava consultar Ataegina sobre os próximos dias e tentar perceber se alguma ameaça pairava no ar, depois do último ataque das forças do mal.

António Almas

Ian regressava à floresta para se encontrar com Ataegina quando é surpreendido por uma figura de capa escura e capuz sobre a cabeça, parecia um velho encurvado que se apoiava num bastão. O jovem assustou-se, parecia que aquela figura tinha surgido do nada à sua frente, perguntou:

-Quem sois?

-Amairgin... - Murmurou a voz.

Ian surpreendido pela criatura lhe ter chamado aquele nome que apenas alguns conheciam tentou disfarçar:

-Como?

-Sei bem quem tu és – Respondeu com uma voz arrastada a figura à sua frente – Apesar de pareceres um frágil adolescente, em ti habita um poderoso druida – Prosseguiu.

-Quem lhe contou essa história? - Questionou-o o jovem druida.

-Está escrito – Respondeu-lhe aquela figura negra que aos poucos parecia crescer – Estava escrito que virias para dominar as trevas, que os teus poderes seriam impossíveis de vencer e que o mal seria banido da face da Terra – Retorquiu.

-Escute – Tentou atalhar Ian – Estou com pressa e parece-me que o senhor está a ter alucinações, preciso ir.

Ao tentar contornar a figura, este, retira o capuz e no lugar duma cabeça humana estava uma nuvem negra que se agitava, de repente Ian sente-se imobilizado e de dentro da nuvem um trovão berra:

-Chegou o momento da vingança – Ecoou pela floresta – Aquele que era prometido para salvar a Terra será devorado pelas trevas.

O céu escureceu-se com nuvens, o ribombar de trovões estremeciam o chão e uma fresta abria-se ao pés de Ian que não conseguia mover um músculo, nem sequer para gritar por socorro. O medo apoderou-se da sua mente e nenhum dos ensinamentos aprendidos até ali conseguiam ocorrer-lhe para se tentar salvar daquele desfecho inevitável que aquele Ctónico previa para ele.

Era já madrugada quando Amairgin regressou do santuário, depois de ter ouvido os conselhos da sua deusa e de esta o ter aconselhado a levar Aine para outra dimensão para que pudessem estar mais seguros e terem algum tempo para ele a preparar. Subiu ao quarto depois de verificar que a jovem e a sua tia já estavam recolhidas. Adormeceu a pensar no beijo trocado entre os dois no momento do ritual...

Os primeiros raios de Sol despontavam quando acordou ao ouvir a voz de Astrid no corredor. A jovem respondia a sua tia que lhe perguntava se não vinha tomar o pequeno-almoço. Ian percebeu que estava atrasado, tinha adormecido num sonho fantástico em que ele e a sua amada caminhavam pela floresta junto ao lago de mãos dadas, assistindo ao romper do Sol no Solstício de Verão. Levantou-se e depois da sua higiene matinal desceu para se juntar às senhoras que já se encontravam na cozinha.

-Bom dia – Disse apressadamente – Adormeci, peço-vos desculpa por vos fazer esperar, podiam ter continuado sem mim.

-Bom dia mestre – Respondeu Astrid sorrindo-lhe – Não tem qualquer importância.

Depois de terminarem Ian explicou à bela Astrid que iriam descer ao laboratório para lhe mostrar como tratava as plantas para que secassem sem perder propriedades. Pediu também a Enya que preparasse algo para comerem, pois iam ficar lá em baixo até final da tarde e não queriam ser interrompidos.

Depois de pegarem numa cesta com alguns alimentos e no saco com as plantas que haviam colhido no dia anterior desceram até ao laboratório.

-Astrid, o que de facto vai acontecer é que hoje vamos visitar outros lugares, duma forma especial – Explicou Ian fazendo uma curta pausa – Há muitas formas de viajar, muitos outros lugares que os comuns seres humanos não conseguem vislumbrar porque há muito perderam o conhecimento de como ir até lá.

A jovem escutou com atenção o que o druida lhe explicava, ficando cada vez mais entusiasmada com aquilo que estava a ouvir.

-Existe uma rede de portais – Continuo Amairgin – que ligam várias dimensões e universos que existem paralelamente àquele em que estamos neste momento. Lá somos outro eu, um ser semelhante mas com uma vida e capacidades muito diferentes da que temos aqui. O tempo também se transforma, um segundo nesta dimensão pode representar semanas noutra, e o inverso também acontece.

Os olhos de Astrid arregalavam-se com tamanhas revelações, embora no fundo sentisse que de facto sabia que tudo isto existia, era Aine que de certa forma lhe falava também ao seu espírito, dando-lhe a conhecer em simultâneo com Amairgin todos estes mundos novos.

-Vamos agora descer até ao Templo sagrado – Pediu-lhe Amairgin – Pois lá existe um portal que nos vai permitir viajar para esses locais que te falei.

-Mas Mestre – Argumentou Astrid – A minha tia vai dar pela nossa ausência.

-Por isso lhe pedi que nos preparasse algo para comer – Respondeu o druida – Um dia bastar-nos-á para passarmos lá uma semana.

-Uma semana? - Assustou-se Astrid.

-Calma – Sossegou-a Amairgin – É para termos mais tempo juntos de aprendizagem – Ocultando-lhe que sobretudo era por uma questão de protecção.

Quando entraram no Templo, Amairgin dirigiu-se ao altar, no centro da cúpula, seguido de perto por Astrid. Pronunciou umas palavras que a jovem não conseguiu perceber e no rebordo do altar surgiram símbolos num azul luminescente.

A E I a N h t x y

António Almas

O druida passou os dedos sobre alguns dos símbolos que se apagavam à medida que prosseguia com uma ladainha baixa. Quando terminou ouviu-se um ruído profundo como que vindo das entranhas da terra e o chão estremeceu. A poente do altar, do nada, abriu-se uma porta na parede da gruta e uma luz branca e ondulante ofuscou Astrid.

Tossiu e abriu os olhos, estava escuro como um breu. O corpo tremia-lhe, não sabia se do frio se do medo. O único som que escutava era água a escorrer e a pingar. Estava preso, mãos e pés contra um muro húmido e o cheiro era fétido, putrefacto, como se houvesse material orgânico em decomposição. A última imagem de que se recordava era de ter sido engolido pela fresta que se abrira no chão, sentiu-se cair interminavelmente.

Que lugar seria este, teria morrido e estava amarrado no submundo? Mas sentia o corpo que dorido reclamava descanso, não podia estar morto, então onde estava? Enquanto se perdia em cogitações diante de si aglomerou-se uma figura sinistra, um vulto imenso, meio homem, meio besta, com o rosto cheio de picos e uma coroa de cornos:

-Então és tu o druida profetizado? - Questionou numa voz arrastada que ecoou pelo espaço.

-Quem és tu? - Perguntou Ian.

-Eu sou o senhor do submundo, não te falaram de mim? - Disse o monstro.

-Porque me aprisionaste? - Pergunta Ian.

-Quem és tu para questionar Dis Pater? – Respondeu uma outra criatura detrás da criatura – Ele é que está aqui para te questionar.

Fez-se silêncio, Ian começava a recuperar a noção de espaço, e os seus olhos já vislumbravam, com a adaptação à escuridão o espaço em que estava. Uma caverna aberta nas rochas basálticas, plena de aguçadas agulhas e espigões em ferro.

-Afinal druida – Questionou Dis Pater – é assim que pretendes destruir as trevas? Onde estão as tuas magias? Os teus poderes aclamados? Não passas dum jovem rapaz que nem se consegue libertar duns simples grilhões.

Ian pensou que dissimular de nada lhe servira quando encontrou o estranho com cabeça de nuvem, portanto aqui muito menos lhe seria útil, assim tratou de procurar entre todos os ensinamentos que havia recebido uma forma de poder escapar dali, mas não dispunha ainda de forças para lutar com Dis Pater, afinal ele era o Senhor do Submundo, um poderoso deus, e Ian apenas um aprendiz de druida que não tinha ainda completado sequer a primeira fase de ensinamentos. Nunca se tinha defrontado com uma deidade. Decidiu esperar, tentar dissuadir o seu inimigo a não matá-lo já, para num momento mais oportuno tentar escapar.

-Senhor, eu sou um mero aprendiz, não sou essa figura de que falais, e muito menos pretendo destruir-vos – Respondeu Ian.

Uma profunda e gutural gargalhada trovejou pela caverna.

-Afinal este druida é medroso – gracejou Dis Pater – Tens medo de morrer meu jovem?

-Não senhor – Retorquiu Ian – Mas não estou disposto a morrer por algo que não fiz.

-Pois não fizeste – Disse de novo em tom de gracejo Dis Pater – Mas estás a ser instruído para o fazer – Respondeu estrondosamente o deus.

-És um rapaz com sorte – Riu-se Dis Pater – Os teus amigos estão lá fora, tentando perfurar as defesas do meu mundo, vou acabar com eles para depois terminar contigo com requinte. Vigiem-no – Ordenou o deus saindo.

Ficaram duas criaturas com focinho de ratazanas e troncos peludos em forma de seres humanos.

Este era o momento que Ian precisava, não haveria outra chance de escapar. Olhando fixamente os guardas pronunciou o feitiço do sono druídico, levando-os a adormecer profundamente, ficaram num estado hipnótico de recuperação de energia do qual sou despertariam 24 horas depois.

Com os guardas imobilizados podia agora libertar-se sem ter necessidade de lutar para escapar.

António Almas

A voz de Ian ecoou na caverna, o vernáculo era ininteligível, um misto de oração e ordem que comandava os objectos em redor do druida, as cavilhas de ferro que o prendia vibravam na parede como que querendo soltar-se. Ao fim de uns minutos os cadeados que as fechavam derreteram e Ian conseguiu libertar-se, caindo de onde estava suspenso para o chão. Fraco, logrou equilibrar-se a custo e cambaleou em direcção a uma abertura estreita na rocha.

Depois de os seus olhos se adaptarem àquela luminosidade intensa, Astrid conseguiu ver um corredor que terminava numa espécie de espelho gigante. O druida pediu-lhe que avançasse, a jovem estava um pouco hesitante mas quando Ian lhe tocou no braço sentiu de novo aquela sensação de tranquilidade, havia qualquer coisa que a acalmava sempre que os seus corpos entravam em contacto.

Seguiram pelo corredor até este terminar em algo que agora parecia ser um vidro, do outro lado havia água:

-O que vês é o fundo do lago em frente à casa – Explicou o druida – Parece um vidro mas é água.

-Como se mantêm sem inundar o corredor? - Questionou Astrid.

-Porque na realidade esta água que parece um espelho é de facto um portal – Continuou Amairgin – que nos há-de levar para o sítio que lhe indiquei quando escrevi com os meus dedos no altar do templo sagrado.

-E como entramos no portal Mestre?- Perguntou.

-Vamos "mergulhar" nesta água, atravessando-a como se caminhássemos – Respondei o druida.

-Mas assim vamos afogar-nos no lago – Disse a jovem muito assustada.

-Não te preocupes Astrid – Tranquilizou-a, voltando a tocar-lhe, desta vez, na mão – Anda, dá-me a tua mão e caminha lentamente e verás que nada vai acontecer de mal.

Avançaram lentamente e primeiro a mão esquerda de Ian, desapareceu na água agitando a superfície como quando atiramos ao lago uma pedra. Foi entrando, e Astrid tocou

António Almas

aquele objecto estranho com a sua mão direita, sentiu uma sensação de frescura, como se de facto fosse água, mas ao mesmo tempo um pequeno formigueiro, que a fez puxar a mão para trás. Não estava molhada. Olhou para Amairgin e este sorriu-lhe:

-Vês não aconteceu nada- Disse-lhe.

Seguiram até desaparecerem por detrás desta cortina de água.

Astrid sentiu uma frescura invadir-lhe o corpo e uma luz, muito mais intensa estilhaçou-se em mil estrelas pequenas, o corpo seguiu o turbilhão de estrelas que em redemoinho se estiravam até ao infinito, olhou para o seu mestre e viu-o algo distorcido como uma imagem difusa, chamou-o, mas não se ouviu, o som não se propagava, sentiu medo.

Num segundo despertou do que parecia um sonho estranho, Ian estava a seu lado, segurando-lhe a mão. Olhou em redor, estavam dentro duma gruta de paredes escuras e com archotes em chama pendurados na parede:

-O que aconteceu Mestre? Onde estamos? - Perguntou assustada.

-Calma Astrid – Falou-lhe suavemente Amairgin – Estamos no sítio para o qual fizemos esta viagem. Sei que tudo te parece confuso, mas vais habituar-te a passar por estes túneis mágicos.

-Vamos "viajar" mais Mestre? - Questionou-o de novo.

-Por agora vamos ficar aqui, como te expliquei na Terra...

Foi interrompido subitamente.

-Na Terra? Mas não estamos na Terra? - Perguntou a tremer Astrid.

-Não! Não estamos – Explicou o druida – Estamos em Orbis Alius, o mundo das divindades.

-Como? O mundo dos deuses - Disse espantada a jovem.

-Sim Astrid – Esclareceu Amairgin – Este é o mundo dos Deuses, aqui habitam as deidades da cultura Celta, de onde eu provenho. Anda segue-me, gostaria que conhecesses a minha Deusa protectora Ataegina.

António Almas

Ian escalava a fenda por onde tinha escapado do seu cárcere no submundo, esperava que o que quer que estivesse a acontecer ocupasse Dis Pater o tempo suficiente para que conseguisse emergir à superfície.

Começo a ouvir rugidos, ruídos de metal e explosões, mas ainda assim não se deteve, continuou a escalada. Subitamente a fenda desembocava numa gruta negra como a noite, o jovem druida não conseguia ver nada, socorreu-se de um pequeno feitiço que a sua mentora lhe ensinara:

-"*Belenus tân a thanau rhoi dy oleuni i mi*" - Balbuciou Ian.

Uma chama pairou sobre o seu ombro direito e iluminou a caverna. Havia duas saídas e o jovem druida escolheu a da esquerda, que subia ligeiramente. Caminhando a passo largo, seguia rápido quando subitamente a seguir a uma bifurcação o caminho termina num abismo. Quase não conseguiu parar a tempo, ficou com a respiração ofegante do susto e agarrou-se às paredes irregulares do corredor.

Respirou fundo e só então percebeu que todo o ruído que estava a ouvir vinha daquele abismo, deitou-se no chão e espreitou pelo rebordo do precipício. Ao fundo, entre labaredas e agitação distinguia Dis Pater e o seu exercito de ratazanas debatendo-se contra gigantes alados, com armaduras de aço e espadas imensas. Alguns combatiam com os pés no chão outros sobrevoavam as criaturas e atacavam em voo picado sobre o aglomerado de indivíduos comandados pelo deus do submundo. A comandar o pequeno grupo de gigantes conseguiu ver Ataegina que dali lhe parecia menos delicada e bela, e mais letal e impiedosa. Sabia que esta batalha era por sua causa e por momentos sentiu-se mal, por sua culpa, a sua deusa estava a lutar contra um inimigo poderoso.

Não havia tempo a perder, deveria voltar atrás e subir à superfície para depois invocar Ataegina e dizer-lhe que estava a salvo, para que ela pudesse terminar aquela batalha que estava a decorrer para o libertar. Voltou à caverna e seguiu pela abertura da direita, que ao invés da outra descia, para depois voltar a subir a pique, obrigando-o a escalar novamente por uma fenda tão apertada que quase o comprimia e lhe fazia faltar o ar.

Já exausto, começa a vislumbrar uma ténue luminosidade, o que lhe fez recobrar as forças e o incentivou a seguir em frente. Quando irrompeu à superfície por entre duas enormes rochas negras numa zona devastada onde não existia uma única árvore, apenas rochas basálticas em forma de espinhos, não sabia onde estava, parecia outro mundo, até o céu estava diferente, em tons avermelhados. Procurou a pequena flauta que a sua deusa lhe deu, e colocou-a nos lábios e começo a tocar.

A saída da gruta dava para uma clareira verdejante que deixou Astrid boquiaberta. Seguiram em silêncio um velho caminho, por entre carvalhos ancestrais. Na orla da floresta um templo de brancas mármores destacava-se, Amairgin parou e olhou Astrid nos olhos:

-Vamos entrar no templo da deusa, copia os meus movimentos e repete tudo o que eu disser, há todo um ritual que é necessário fazer para pisar o chão sagrado dos nossos ancestrais – Disse lhe o druida.

-Pode ficar tranquilo Mestre, farei tudo como o Mestre fizer e respeitarei todos os preceitos que me indicar, peço-lhe apenas que fale devagar para que possa repetir o que diz – Respondeu-lhe a jovem.

Dirigiram-se à entrada do templo onde duas enormes taças com água ladeavam o portão principal, o druida dirigiu-se à da direita e apontou o outro para Astrid que se dirigiu para lá. Mergulhou as mãos na água fresca e lavou o rosto, ajoelhou-se virado para a entrada, começando de imediato a proferir palavras que a jovem desconhecia, mas que ainda assim repetiu.

TA mi lubadh mo ghlun (Eu dobro os meus joelhos)
An suil an Athar a chruthaich mi, (Aos olhos do Pai que me criou)
An suil an Mhic a cheannaich mi, (Aos olhos do Filho que me comprou)
An suil an Spioraid a ghlanaich mi, (Aos olhos do Espírito que me limpou)
Le caird agus caoimh. (Na amizade e carinho)
    Tre t'Aon Unga fein a Dhe, (Através de ti Ungido, Ó Deus)
Tabhair duinn tachar 'n ar teinn, (Derrama sobre nós a satisfação das nossas necessidades)
    Gaol De, (Amor a Deus)
    Gradh De, (O carinho de Deus)
    Gair De, (O sorriso de Deus)
    Gais De, (A sabedoria de Deus)
    Gras De, (A graça de Deus)
    Sgath De, (O temor a Deus)

António Almas

Is toil De, (E a vontade de Deus)
Dheanamh air talamh nan Tre, (Para fazeres sobre o mundo dos
Três)
Mar to ainghlich is naoimhich (Como os anjos e santos)
A toighe air neamh. (Fazem no céu)
Gach duar agus soillse, (Cada sombra e luz)
Gach la agus oidhche, (Cada dia e noite)
Gach uair ann an caoimhe, (Cada vez com bondade)
Thoir duinn do ghne. (Dai-nos o Teu espírito)

Amairgin levantou-se, descalçou-se e com as mãos em concha deitou água sobre os pés. Dirigiu-se à entrada e empurrou a parte direita da porta que se abriu vagarosamente com um ranger suave.

Escultura central do frontispício do templo de Ataegina

Um véu cobria a entrada do espaço circular, rodeado de colunas em forma de braços que terminavam em mãos que seguravam a abóbada esférica, por onde entravam raios de luz em direcção a um pequeno altar no centro. O ar estava carregado de perfumes de incenso e uma névoa branca rente ao chão não o deixava vislumbrar. Algumas trepadeiras enroladas nas colunas decoravam de verde o espaço, com flores vermelhas aqui e ali. O som do canto dos pássaros ecoava. O druida parou junto ao altar, seguido por Astrid que desde o princípio seguiu à regra todos os passos e vozes do seu Mestre.

Amairgin meteu a mão no bolso e retirou a sua flauta, encostando-a aos lábios e acompanhando a melodia dos pássaros reproduziu uma música suave. A névoa começou a aglutinar-se em remoinhos do outro lado do altar e uma forma humana formou-se, como se fosse feita de neve, a jovem Astrid ficou pasmada, como aquele fumo branco se transformou na deusa de Ian.

-Olá Amairgin – Disse Ataegina

O druida fez uma vénia e respondeu – Minha deusa!

Ataegina olhou fixamente para Astrid e disse-lhe – Está na altura de terminar essa dualidade que carregas.

Astrid acenou a medo que sim, não percebendo muito bem o que iria acontecer ali.

-Druida precisamos invocar Aine para que as duas se encontrem despertas dentro do mesmo corpo. - Ordenou caminhando em direcção a Amairgin que acenou afirmativamente.

-Aproxima-te Astrid – Disse-lhe o druida – Vamos formar um circulo em redor do altar.

-Mestre tem a certeza que não vai haver nenhum problema comigo? - Disse-lhe a medo a jovem.

-Astrid – Falou-lhe a deusa – Se continuares como estás é que vais ter problemas. Nós estamos a querer salvar-te, e já arriscamos muitas energias para o fazer. Não podes iniciar um processo de aprendizagem com tantas dúvidas no teu espírito, pois assim não conseguiremos a fusão dos teus ancestrais conhecimentos com o corpo que agora te transporta.

A jovem ficou intimidada, mas ao tocar na mão de Amairgin uma série de imagens projectaram-se no seu cérebro, recordando-a de quem tinha sido. Era Aine a tomar conta do corpo. Olhou para o seu lado direito e o seu Mestre estava de olhos completamente brancos e os seus lábios falavam naquela língua que não conhecia, palavras estranhas. Quando a mão de Astrid tocou a da deusa, sentiu o corpo estremecer, a visão turvar e um fluxo de energia que a trespassava vindo do mais profundo da sua alma e irradiando em todas as direcções.

O druida tocava a flauta mas nada acontecia, Ataegina não vinha como habitualmente. Por momentos imaginou algo terrorífico, teria a sua deusa perdido contra Dis Pater? Uma angústia apoderou-se do seu espírito, a sua displicência provocara o caos e levou ao submundo a sua deusa e o exército dela para o libertarem e acabariam destruídos pelo senhor das trevas. Caiu de joelhos sobre a rocha nua, a emoção levou-o às lágrimas.

Este tremendo pesar que se apoderou de Amairgin levou-o a questionar se a sua vida valeria tanto sacrifício. Vacilou entre descer e entregar-se, na esperança que ainda pudesse salvar

Ataegina, ou seguir em frente e tentar descobrir por si uma forma de sair daquele mundo moribundo. Quando estava prestes a levantar-se para regressar à caverna, uma voz dentro dele falou:

-Não voltes a entrar nessa caverna! - Disse-lhe aquela voz potente que parecia vir de todas as direcções.

-Quem és tu? - Questionou o jovem druida.

-Eu sou aquele que te criou! - Respondeu.

-Eu sou filho de Cynbel, e por ele fui criado. - Disse Amairgin.

-Esse é o homem que te deu um corpo, mas Eu sou Aquele que concebeu o teu espírito, que conduziu a tua essência e forjou na Luz os teus dons, Eu sou o teu verdadeiro Pai. - Explicou-lhe aquela voz profunda. - Deves ultrapassar os teus medos e seguir em frente. Nem sempre poderás contar com o apoio da tua mentora, a tua existência será longa e terás de fazer muito caminho por ti só, sem a ajuda de terceiros.

-Mas Senhor, eu ainda não estou preparado! - Exclamou Amairgin – Ataegina ainda estava a preparar-me, sinto que ainda não tenho a força necessária para conseguir por mim só enfrentar tamanhos desafios.

-Meu filho – Prosseguiu a voz num tom paternal– Esta é mais uma etapa de aprendizagem, o caminho é difícil, mas tu tens tudo o que precisas dentro de ti. Abstrai-te dos pensamentos negativos, limpa a tua mente e vê com os olhos do espírito, são eles que te guiarão nas trevas, são eles que te escudarão nas batalhas. Acredita nesses dons que carregas e desenvolve-os, investiga-os, medita sobre eles. Esta travessia do inóspito, na solidão, permitir-te-hão aprofundares os conhecimentos que já deténs.

-Sim, Senhor- Acentiu o druida – Devo então seguir por este deserto de rochas e procurar um caminho que me leve de volta?

-É claro Amairgin – Disse-lhe a voz – Mas tem atenção, pode parecer que estás sozinho, contudo o mal vai perseguir-te, tentar-te e procurar destruir-te pois tu és o nosso melhor soldado. Tem cuidado!

-Sim meu Senhor. - Disse agradecendo de imediato – Obrigado pela força, teria desistido de não serdes vós.

Ficou sozinho, virou-se para lado oposto e começou a caminhar.

Enquanto o corpo de Astrid estava ligado ao de Amairgin e de Ataegina, formando um triângulo, do altar ergueu-se um raio de luz que subiu até ao infinito, a mente da jovem era recombinada para comportar todo o conhecimento da feiticeira Aine, as memórias eram revisitadas e uma vida de séculos repaginada, para que o corpo que antes era o duma simples mortal, albergasse agora os segredos da imortalidade da Fada Rainha, dona e senhora do Solstício de Verão.

Aquele templo sagrado, era local seguro, afastado do mal e protegido pelas forças da natureza que o escondiam dissimulando-o na floresta. Mas tamanha explosão de energia alertou as sombras e os seus vis serviçais que se apressaram a rastrear o fenómeno, reunindo-se em redor da floresta que protegia o templo de Ataegina.

As árvores cerravam fileiras e os espinhos nasciam abruptamente do nada, preenchendo qualquer espaço possível evitando a todo o custo que estas infâmes criaturas pudessem avançar para o templo.

O druida sabendo a agitação que se preparava, invocou o seu exército de arcanjos que viajando através do portal viriam colocar-se na retaguarda do exercito do mal.

Por sua vez Ataegina convocou todos os entes da floresta, animas e demais criaturas que ao poucos começaram a rodear o templo para o protegerem.

Com a consciência de Aine já na posse completa do corpo de Astrid, a feiticeira emite um chamado a sua irmã gémea Grian, Rainha dos Elfos que mobilizou o seu exército e preparava-se para chegar através do portal do Sol poente para atacar o flanco das forças do mal.

Com um estrondo, o raio de luz sumiu-se, Aine inspirou profundamente como se tivesse acabado de nascer e quebrou o triângulo despertando do transe o druida e a Deusa.

-Vamos – Disse-lhes Aine – temos uma batalha a travar.

António Almas

O chão áspero daquela terra cravejada de rochas pontiagudas e afiladas feriam os pés do jovem druida, que por vezes escorregava e caia de joelhos, sangrando já das articulações e das mãos. Desde que tinha começado a caminhar, mantinha o olhar fixo num ponto do horizonte, onde cintilava uma ténue luz. Não podia caminhar num lugar imenso como aquele sem fixar-se num ponto ou perder-se-ia.

Tal como o seu Criador o havia alertado, não estava só, sentia a presença de vultos estranhos, que rastejavam junto às rochas e absorviam a sua força como sanguessugas, impedindo-o de recuperar forças e ser mais rápido. Era sofrível a caminhada, o jovem tentava manter-se lúcido revendo o seu percurso desde que pela primeira vez foi chamado pela sua Deusa. Reforçava mentalmente todos os ensinamentos que os diversos mestres ao serviço de Ataegina lhe tinham oferecido. Percebeu o quanto tinha crescido, não apenas como pessoa, fisicamente, mas como ser, como druida e quantos poderes dominava agora.

Esta longa e penosa via que percorria, expiava também as dores dum corpo frágil, calejando-o e fazendo a mente sobrepor-se ao físico, com uma tenacidade digna de um mago druida.

A cada passo Ian perdia-se e Amairgin tomava o seu lugar.

Esta era uma viagem planeada, percebeu a dado momento o druida, quando a meditação o levou para além do espaço físico e o permitiu ver até ao ponto no horizonte onde era seu destino chegar. Os seus olhos cerrados, viam, uma cidade à sua espera. No topo duma imensa pirâmide um olho brilhante era farol que o guiaria, e no palácio contíguo, uma nova vida, aguardava por um corpo quase morto, dilacerado e sedento, carregando uma nova consciência, plena e reforçada de conhecimentos e sabedorias.

Foi por tudo isto que o mago teve de passar, para poder sentir para lá da pele, ver para lá dos olhos e compreender, para lá do limite da mente humana.

Reconheceu agora a voz que murmurava pelo caminho:

-Quando chegardes, aguardar-te-ei – Dizia aquela voz cada vez mais familiar.

-Obrigado Pai – Respondeu na mesma linguagem – Saberei ser o guardião do que me legarás.

António Almas

Amairgin foi encontrado às portas da cidade do Sol pelos guardas que o viram desmaiado, mãos, pés e joelhos ensanguentados, apressaram-se a levá-lo para dentro para que pudesse ser assistido. O druida esteve vários dias mergulhado num estado vegetativo, assistido por uma feiticeira, que cuidava do seu corpo e do seu espírito.

Despertou no final dum dia, o quarto estava iluminado por velas e um cheiro a incenso torvava a atmosfera. A primeira imagem que seus olhos viram foi o rosto de um anjo.

-Morri? - Questionou – Tu és o anjo que me levará ao Criador?

-Não, não morreste – Respondeu a feiticeira – Eu sou apenas aquela que te curou e ajudou a restabelecer as tuas forças, mas estás bem vivo.

Tentou levantar-se mas as mãos da mulher acalmaram-no pousando sobre o seu peito.

-Espera – Disse-lhe – Ainda não podes levantar-te, sê paciente e brevemente estarás de novo pronto para a tua longa caminhada.

Amairgin adormeceu como por magia e sonhou com a feiticeira.

Acordou na manhã seguinte e estava só no quarto, levantou-se mas sentiu a cabeça andar à roda, segurou-se no rebordo da cama.

-Espera – Disse-lhe a jovem mulher vinda do nada – Eu ajudo-te a ires até à cadeira, precisas de tomar um pouco de ar.

-Obrigado... - Agradeceu querendo referir o o nome da jovem mas não o sabia – Nem sei o teu nome, mas agradeço-te a ajuda e todo o cuidado.

-Aine – Disse a jovem feiticeira – O meu nome é Aine.

Sentou-se no terraço com a ajuda da jovem, estava um Sol límpido, e ficou ali, olhando para Aine e escutando a sua voz angelical. Amairgin sentiu que aquela mulher fazia parte de si, ela era um pedaço da sua existência, sem mesmo saber mais que o seu nome já encontrava nela o laço da eternidade.

António Almas

Continua...

Obras já publicadas do autor:

- Diário de Sonhos 2009
- Reflexos d'Alma 2010
- O Livro dos Pensamentos I 2011
- A Magia das Letras – Aqua 2011
- Folhas Soltas 2012
- O Livro dos Pensamentos II 2013
- Absorvência 2014
- Ínfimos 2014
- Inflexões 2014
- Convexidade 2014
- Cartas a Sophia (Romance) 2015
- EVA – O despertar da Alma (Romance) 2015
- A Magia das Letras II – Ignis 2015
- Conversas com o Pai 2016
- O Livro dos Pensamentos III 2016
- O enigma do Amor (Romance) 2016

Publicações à venda em:

Diário de Sonhos:

www.bertrand.pt

Restantes títulos:

www.amazon.com

www.lulu.com/spotlight/aalmas

Para obter livros autografados pelo autor solicitar para:

antonio.almas@gmail.com

Anotações do leitor